风人深致

诗经讲评之

苏缨 著

哈尔滨出版社
HARBN PUBLISHING HOUSE

图书在版编目（CIP）数据

诗经讲评之风人深致／苏缨著.—哈尔滨：哈尔滨出版社，
2010.1（2022.11重印）
ISBN 978-7-80753-831-8

Ⅰ．①诗…　Ⅱ．①苏…　Ⅲ．①诗经—文学欣赏　Ⅳ．I207.22

中国版本图书馆CIP数据核字（2009）第149105号

书　　名：诗经讲评之风人深致
SHIJING JIANG PING ZHI FENG REN SHEN ZHI

作　　者：苏　缨　著
责任编辑：尉晓敏　李维娜
封面设计：象上设计

出版发行：哈尔滨出版社（Harbin Publishing House）
社　　址：哈尔滨市香坊区泰山路82-9号　　邮编：150090
经　　销：全国新华书店
印　　刷：天津文林印务有限公司
网　　址：www.hrbcbs.com
E-mail：hrbcbs@yeah.net
编辑版权热线：（0451）87900271　87900272
销售热线：（0451）87900202　87900203

开　　本：720mm×980mm　　　1/16　　印张：11.25　　字数：100千字
版　　次：2010年1月第1版
印　　次：2022年11月第2次印刷
书　　号：ISBN 978-7-80753-831-8
定　　价：42.00元

凡购本社图书发现印装错误，请与本社印制部联系调换。　服务热线：（0451）87900279

目录

自序：逻辑和证据的尽头 ● 风马牛也相及——『国风』小考·1 ● 关雎·1

葛覃·29 ● 卷耳·53 ● 樛木·67 ● 螽斯·83 ● 桃夭·92

兔罝·103 ● 芣苢·115 ● 汉广·125 ● 汝坟·140 ● 麟之趾·157

自序:逻辑和证据的尽头

胡适在 1935 年发表了一篇文章,题目叫做《我们今日还不配读经》。其中,这样说道:"今日提倡读经的人们,梦里也没有想到五经至今还只是一半懂得、一半不懂得的东西。这也难怪,毛公、郑玄以下,说《诗》的人谁肯说《诗》三百篇有一半不可懂? 王弼、韩康伯以下,说《易》的人谁肯说《周易》有一大半不可懂? 郑玄、马融、王肃以下,说《书》的人谁肯说《尚书》有一半不可懂? 古人且不谈,三百年中的经学家……又何尝肯老实承认这些古经他们只懂得一半?……王国维先生忽然公开揭穿了这张黑幕,老实地承认,《诗经》他不懂的有十之一二,《尚书》他不懂的有十之五。王国维尚且如此说,我们不可以请今日妄谈读经的诸公细细想想吗? "①

把时间倒推上去,明代文学家钟惺编《古名儒毛诗解》,序言里劈头就说:"六经有解乎? 六经而无解,不名其为六经矣。六经有一定之解乎? 六经而有一定之解,不成其为六经矣。"

胡适和钟惺看上去是完全对立的,胡适强调那些古老的儒家经典直到二十世纪仍然"还只是一半懂得、一半不懂得

---

① 胡适《我们今日还不配读经》,《胡适文集》第 5 卷,欧阳哲生/编,北京大学出版社,1998 年,第 443 页,原载于 1935 年 4 月 14 日《独立评论》第 146 号。

的东西",钟惺却以为这些经典当然有解,但根本就不存在"一定之解"。似乎若站在钟惺的立场上,胡适的担忧大可不必。

事实上,胡适与钟惺并不构成任何矛盾,因为他们是在两个完全不同的层面上说话的。大略说来,钟惺立足于古典经学(政治哲学),胡适则立足于现代的史学与文献学,儒家经典在他们的眼里并不是同一种东西。

以政治哲学论,经义无妨于此一时、彼一时;以现代史学与文献学论,则永远要追求一个最原始的终极答案——尽管无法达致,总要无限接近。本书就是在后者的意思上勉励为之的。

《诗经》至今仍有太多疑义,如胡适说"《诗》三百篇有一半不可懂",放在今天一样成立。虽然学术日进,出土材料愈多,但新问题也会随之愈多。本文梳理古义,辨正诸家歧说,或采近年研究之新,或抒己意以成一家之言,或有破有立,或破而无立,希望能把问题推到逻辑与证据的极限处。力有未逮,诚惶诚恐,有待方家指正。

苏缨

2009 年 6 月

风马牛也相及
——"国风"小考

子路、曾皙、冉有和公西赤四个人坐在孔子的身边,孔子说:"平常你们总是说自己多有本事,只是没有被人发现。假如真有一天货卖识家,你们准备怎么施展呢?"

这是一次师生之间关于理想抱负的闲谈,子路脱口而出道:"我想去治理一个饱受内忧外患的大国,只消三年,我就可以把国民训练成勇敢的战士,使他们足以抗击外侮。"

孔子只是笑笑,显然不以子路之言为然。冉有接着说道:"我可没那么大的本事,也就能治理一个小国,可以在三年之内使百姓丰衣足食。但礼乐之事恐怕不是我力所能及的,还得另请高明。"

公西赤更低调,说:"我可不敢说自己能干什么,只敢说自己想学什么。我想把礼乐学好,将来也好在宗庙和盟会的场合作个小小的司仪。"——这话单独看起来是很低调,但考虑到这是紧承着冉有那句"礼乐之事恐怕不是我力所能及的,还得另请高明",公西赤显然是把自己当做冉有口中的那位"高明"了。

等大家都讲完了,在一旁弹琴的曾皙才说:"我和诸位都不一样。我的理想是:暮春时节,春暖花开,我可以换上单衣,约上十几个青少年同伴到城西的沂水中洗澡,等洗完澡,再到城南的舞雩台上吹风,然后唱着歌回家。"

这四大弟子的理想抱负看来一个不如一个,尤其是最后的曾皙,简直是以游手好闲为人生观了,但孔子喟然长叹道:"曾皙的话说到我的心里了!"①

这段小故事出自《论语·先进》,本文谈《诗经》,就从这一节《论语》谈起。②

---

①《论语·先进》:子路、曾皙、冉有、公西华侍坐。子曰:"以吾一日长乎尔,毋吾以也。居则曰:'不吾知也!'如或知尔,则何以哉?"子路率尔而对曰:"千乘之国,摄乎大国之间,加之以师旅,因之以饥馑;由也为之,比及三年,可使有勇,且知方也。"夫子哂之。"求!尔何如?"对曰:"方六七十,如五六十,求也为之,比及三年,可使足民。如其礼乐,以俟君子。""赤!尔何如?"对曰:"非曰能之,愿学焉。宗庙之事,如会同,端章甫,愿为小相焉。""点!尔何如?"鼓瑟希,铿尔,舍瑟而作。对曰:"异乎三子者之撰。"子曰:"何伤乎?亦各言其志也。"曰:"暮春者,春服既成。冠者五六人,童子六七人,浴乎沂,风乎舞雩,咏而归。"夫子喟然叹曰:"吾与点也!"

②《韩诗外传》卷七载有一则近似的故事,评子路为勇士,子贡为辩士,颜渊为圣士,最后孔子推举的是颜渊的为政志向,可参看:孔子游于景山之上,子路子贡颜渊从。孔子曰:"君子登高必赋,小子愿者何?言其愿,丘将启汝。"子路曰:"由愿奋长戟,荡三军,乳虎在后,仇敌在前,蠡跃蛟奋,进救两国之患。"孔子曰:"勇士哉!"子贡曰:"两国构难,壮士列阵,尘埃涨天,赐不持一尺之兵,一斗之粮,解两国之难,用赐者存,不用赐者亡。"孔子曰:"辩士哉!"颜回不愿,孔子曰:"回何不愿?"颜渊曰:"二子已愿,故不敢愿。"孔子曰:"不同意,各有事焉,回其愿,丘将启汝。"颜渊曰:"愿得小国而相之,主以道制,臣以德化,君臣同心,外内相应,列国诸侯莫不从义向风,壮者趋而进,老者扶而至,教行乎百姓,德施乎四蛮,莫不释兵,辐辏乎四门,天下咸获永宁,蟫飞蠕动,各乐其性,进贤使能,各任其事,于是君绥于上,臣和于下,垂拱无为,动作中道,从容得礼,言仁义者赏,言战斗者死,则由何进而救,赐何难之解。"孔子曰:"圣士哉!大人出,小子匿,圣者起,贤者伏。回与执政,则由赐焉施其能哉!"诗曰:"雨雪瀌瀌,见晛日消。"

这是孔门中的一个经典主题,又见《韩诗外传》卷九:孔子与子贡、子路、颜曾点的话里，最后一句原文是这样的："浴乎沂，风乎舞雩，咏而归。"杨伯峻的翻译是："在沂水旁边洗洗澡，在舞雩台上吹吹风，一路唱歌，一路走回来。"[1]钱穆的翻译是："结队往沂水边，盥洗面手，一路吟风披凉，直到舞雩台下，歌咏一番，然后取道回家。"[2]李零的翻译是："到城西的沂水中洗澡，洗完澡，再到城南的舞雩台上吹风，在和煦的春风中唱歌，兴尽而归。"[3]

所以，一旦贯通孔子的思想，就会发觉这一节很让人费解——以孔子积极入世的心态，为什么偏偏赞许曾点这个游手好闲的逍遥派理想，难道这比安邦定国还重要不成？如果是庄子这么说倒还可以理解。李零的解释是："子路讲的是'不挨打'，属于'强兵'，是最大的硬道理；冉有讲的是'不挨饿'，属于'富国'，也是硬道理。他们都没有提到'礼'。公西华（即公西赤）讲的是'礼'，而且是富起来才有的'礼'。古人说'仓廪实则知礼节，衣食足则知荣辱'（《管子·牧民》）。解决温饱才能讲礼貌。道德文明建设是软道理。曾皙（即曾点）的道理更软，干脆是享受生活：享受和平、享受富裕、享受文明。它

渊游于戎山之上。孔子喟然叹曰："二三子各言尔志，予将览焉。由，尔何如？"对曰："得白羽如月，赤羽如朱，击钟鼓者，上闻于天，下槊于地，使将而攻之，惟由为能。"孔子曰："勇士哉！赐，尔何如？"对曰："得素衣缟冠，使于两国之间，不持尺寸之兵，斗升之粮，使两国相亲如弟兄。"孔子曰："辩士哉！回，尔何如？"对曰："鲍鱼不与兰茝同笥而藏，桀纣不与尧舜同时而治。二子已言，回何言哉！"孔子曰："回有鄙之心。"颜渊曰："愿得明王圣主为之相，使城郭不治，沟池不凿，阴阳和调，家给人足，铸库兵以为农器。"孔子曰："大士哉！由来区区汝何攻？赐来便便汝何使？愿得之冠，为子宰焉。"

[1] 杨伯峻《论语译注》，中华书局，1980年，第120页。
[2] 钱穆《论语新解》，巴蜀书社，1985年，第281页。
[3] 李零《丧家狗——我读〈论语〉》，山西人民出版社，2007年，第220页。

风马牛也相及——『国风』小考

们是建筑在前三位的理想之上：和平是靠子路之志，富裕是靠冉有之志，文明是靠公西华之志。没有和平、富裕和文明，曾皙就逍遥不起来。曾皙的回答本来只是随口一说，但孔子听了，另有想法。他把四子之志，看成互相补充。他欣赏曾皙之志，主要是因为，前面三位讲治国，最后要落实到个人幸福，这是目标性的东西，但他欣赏曾皙（即曾点）之志，并不是否定子路等人，因为过程也很重要。"①

李零的这番阐释无疑是非常深刻的，唯一的问题是：单从《论语》文本上看，绝对看不出这么丰富的意思，这实在有几分过度诠释的嫌疑。

那么，还有什么别的解释没有？

《论语》和其他先秦典籍一样，歧说一向很多，这一节也不例外。舞雩台，顾名思义，就是舞雩的台子，《水经注》说鲁都城南隔着沂水有一座雩坛，坛高三丈，就是曾点所说的这个地方；②舞雩是祭祀祈雨的仪式，连歌带舞，呼天抢地。"舞"与"巫"在甲骨文里是同音同义的一个字，后者是在前者的基础上一步步简化而来的。③鲁国的雩祭有两种：一是当每年角宿、亢宿于黄昏时分出现在东方，这是夏历的四月，依惯例祭祀祈雨，期待百谷丰收；二是当遭逢大旱的时候临时举行雩祭，并非常例。④

① 李零《丧家狗——我读〈论语〉》，第220-221页。
② 程树德《论语集释》，中华书局，1990年，第807页。
③ 董每戡《说剧》，人民文学出版社，1980年，第90页，转引自田桂民《中国早期宗教祭祀及其乐舞对于戏剧形成的影响》，《南开学报》（哲学社会科学版），2001年6月。
④ 杨伯峻《春秋左传注》，中华书局，1990年，第107页。

舞雩要怎样进行呢？据王充《论衡》说，那些伴奏和跳舞的人成群结队，涉沂水而出，象征着龙出于水中——这就是《论语》所谓的"浴乎沂"。[1]而曾点所说的那些青少年(冠者五六人，童子六七人)就是舞雩的"乐人"，也就是那些伴奏和跳舞的人。

"浴乎沂"之后便要"风乎舞雩"，这说的并不是在沂水中洗澡之后登上舞雩台、让风把身体吹干，而是指雩祭活动的下一个内容：在舞雩台上唱歌。这个"风"不是"吹风"，而是"唱歌"。

唱歌之后"咏而归"，这还是雩祭的继续，"归"通"馈"，这是说一边歌唱，一边以酒食祭祀。

经王充这样一解释，曾点那番话里的整场活动全是雩祭的内容，而不是对游手好闲享受生活的憧憬和梦想。对此，王充还给出了一个证据：平常的雩祭一年两次，春、秋各一次，春天的雩祭是在夏历二月，而这时候天气还凉，洗完澡再去吹风可不是一般人受得了的。孔子的这个时候，春天的雩祭已经荒废掉了，只剩下了秋雩，而曾点的志向看来就是要恢复春雩。周代的国家大事一共只有两类：一是祭祀，二是打仗，[2]而祭祀又是礼治中的重要内容。孔子讲"克己复礼"，这是儒家学说的一项核心内容，恢复旧礼自然是值得嘉许的，曾点如果有志于恢复春雩，倒也当得起孔子那一句"吾与点也"。不过王充对历法的推算未必可靠，他认为春、秋二雩意在"调和阴阳"，这是汉人的主流观念，也未必就是孔子师徒

① 一说"浴"为"沿"，见程树德《论语集释》，中华书局，1990年，第808页。
② 《左传·成公十三年》：国之大事，在祀与戎。

的意思。①

　　无论如何，基于王充的说法，曾点他们"风乎舞雩"，这个"风"就是唱歌，于是，这就和《诗经》风、雅、颂其中的"风"有了关联。《左传·襄公十八年》记载晋人听说楚人来袭，师旷安抚大家说："没事的。我唱了北风，又唱了南风，南风曲调衰弱，发出很多象征死亡的声音，所以楚国一定打不了胜仗。"②这里的北风和南风分明就是指北方的歌曲和南方的歌曲而言。《左传·隐公五年》说舞蹈是"节八音而行八风"，对这里的"风"，历来的解释都太过迂曲，尤其《吕氏春秋》和《淮南子》的八风之说大有附会之嫌，③可以说明战国、秦汉人的观念，

---

①《论衡·明雩》：曾皙对孔子言其志曰："暮春者，春服既成，冠者五六人，童子六七人，浴乎沂，风乎舞雩，咏而归。"孔子曰："吾与点也！"鲁设雩祭于沂水之上。暮者，晚也；春谓四月也。春服既成，谓四月之服成也。冠者、童子，雩祭乐人也。浴乎沂，涉沂水也，象龙之从水中出也。风乎舞雩，风，歌也。咏而馈，咏歌馈祭也，歌咏而祭也。说论之家，以为浴者，浴沂水中也，风干身也。周之四月，正岁二月也，尚寒，安得浴而风干身？由此言之，涉水不浴，雩祭审矣。

《春秋左氏传》曰："启蛰而雩。"又曰："龙见而雩。启蛰、龙见。"皆二月也。春二月雩，秋八月亦雩。春祈谷雨，秋祈谷实。当今灵星，秋之雩也。春雩废，秋雩在。故灵星之祀，岁雩祭也。孔子曰："吾与点也！"善点之言，欲以雩祭调和阴阳，故与之也。使雩失正，点欲为之，孔子宜非，不当与也。樊迟从游，感雩而问，刺鲁不能崇德而徒雩也。

②《左传·襄公十八年》：晋人闻有楚师，师旷曰："不害。吾骤歌北风，又歌南风。南风不竞，多死声。楚必无功。"

③《吕氏春秋·有始》、《淮南子·天文》、《淮南子·地形》各有八风之说，具体内容有异。如《淮南子·天文》，表现的是汉人的天人感应观念：何谓八风？距日冬至四十五日，条风至；条风至四十五日，明庶风至；明庶风至四十五日，清明风至；清明风至四十五日，景风至；景风至四十五日，凉风至；凉风至四十五日，阊阖风至；阊阖风至四十五日，不周风至；不周风至四十五日，广莫风至。条风至，则出轻系，去稽留；明庶风至，则正封疆，修田畴；清明风至，则出币帛，使诸侯；景风至，则爵有位，赏有功；凉风至，则报地德，祀四郊；阊阖风至，则收县垂，琴瑟不张；不周风至，则修宫室，缮边城；广莫风至，则闭关梁，决刑罚。

未必适合为《左传》作注。如果仅从《左传》上下文推测它的大概意思，应当和师旷说的"我唱了北风，又唱了南风"云云是同样的用法。

《左传·僖公四年》，齐桓公率军攻打蔡国，蔡军溃败，齐军继续挥师，直奔楚国。楚成王派出使臣，对齐桓公说："您在北方，我在南方，风马牛不相及，不知道您为什么打到我这里来了？"[1]——这段话给我们留下了"风马牛不相及"这个成语，但这个成语究竟是什么意思，两千多年来始终没搞清楚。

一种比较主流的说法是：风，就是牛马雌雄相诱。[2]那么，"风乎舞雩"的"风"有没有这个意思呢？

一群青少年列队涉沂水而出，模仿龙的样子，这应该就是舞龙的前身。既然龙可以降雨，那么模仿龙的样子应该也可以引来降雨——这是一种非常原始的思维，列维·布留尔名之为互渗律。人与天，虽然不是雌雄相诱，但通过这种模仿，通过仪式和舞蹈，人们忘形而失神，与"天"合一。[3]这是一种交感，属于另一种形式的"雌雄相诱"。

关于《诗经》中"六义"的说法众说纷纭，一般的看法是，"六义"之中，以风、雅、颂为诗歌类型，以赋、比、兴为诗歌手法，而在《毛诗序》里原本却没有这个排列，而是："故诗有六

风马牛也相及——『国风』小考

---

[1]《左传·僖公四年》：四年春，齐侯以诸侯之师侵蔡。蔡溃。遂伐楚。楚子使与师言曰："君处北海，寡人处南海，唯是风马牛不相及也。不虞君之涉吾地也，何故？"

[2]《字汇·风部》：牛马雌雄相诱曰风。

[3] [法]列维·布留尔《原始思维》，丁由/译，商务印书馆，1981年，第62—98页。

义焉：一曰风，二曰赋，三曰比，四曰兴，五曰雅，六曰颂。"另一个出处是《周礼》："教六诗，曰风、曰赋、曰比、曰兴、曰雅、曰颂。"两者都不是"风雅颂"、"赋比兴"这两个系统的分别排列，这是一望可知的。而"六义"的出处本就可疑，傅斯年怀疑过这是秦汉的附会，因为秦始皇把"六"定为当时的神圣数字，于是很多事都要往"六"上靠。①

抛开风雅颂、赋比兴两大体系的习法，单独来看看《国风》。《国风》本来叫做《邦风》，汉代因刘邦的名字而有所避讳，才改为《国风》。这里的"风"通常被释为"民歌"，②如果根据上述《论衡》与《左传》的线索来体察它的含义，应当具有歌咏和交感的意味，而这恰恰就是《国风》一系列诗歌的典型特征。

---

① 傅斯年《诗经讲义稿》，中国人民大学出版社，2004年，第13页：六诗之说，纯是《周官》作祟，举不相涉之六事，合成之以成秦汉之神圣数（始皇始改数用六）。

② 以朱熹的论断最有影响。见[宋]朱熹《答潘恭叔》，《晦庵先生朱文公文集》卷五十：凡言风者，皆民间歌谣，采诗者得之而圣人因以为乐，以见风华流行。

关雎

关关雎鸠，在河之洲。窈窕淑女，君子好逑。

参差荇菜，左右流之。窈窕淑女，寤寐求之。

求之不得，寤寐思服。悠哉悠哉，辗转反侧。

参差荇菜，左右采之。窈窕淑女，琴瑟友之。

参差荇菜，左右芼之。窈窕淑女，钟鼓乐之。

【大意】

　　鱼鹰"关关"地叫着，在河中的沙洲上；那位漂亮的淑女呀，正该是君子的伴侣。

　　水中有荇菜丛生，一棵一棵随水飘摇；那位漂亮的淑女呀，我整日整夜都在想她。

　　想念虽是徒劳，却一刻也无法忘记；这样也不知过了多久，我一夜夜辗转难眠。

　　水中有荇菜丛生，一棵一棵地采下；那位漂亮的淑女呀，我弹琴鼓瑟与她相伴。

　　水中有荇菜丛生，一棵一棵地拔下；那位漂亮的淑女呀，我鸣钟击鼓使她欢乐。

【考释】

《关雎》是《诗经》的第一篇，字面的意思不是很难理解，但它到底该怎么解释，却不是那么容易搞清楚的。朱熹甚至认为《关雎》文理深奥，可比乾、坤两卦，只能用心体会而不可言说。[①]

朱熹的"深刻"是从儒家义理出发的，现在我们探求《关雎》本义，完全可以抛开传统干扰，但是，诗意依然很不明朗，前后矛盾的地方很多。

《国风》部分一般被当做民歌，但这首诗里又是君子又是琴瑟钟鼓，显然出自贵族的口吻。而且，这个贵族还不是普通的贵族，因为周代是个礼制社会，等级森严，哪个等级能用什么物件是有严格规定的，如果超标就算僭越，而根据东汉经学大师郑玄对《仪礼》的注释，只有天子和诸侯才能用到钟，大夫和士只能用鼓。[②]所以程颐以为《关雎》是周公所作，朱熹以为是出自宫闱，虽然结论未必正确，思路却是很有道理的。

这个问题解决之后，前后文却出现矛盾了：前文讲"参差荇菜，左右流之"，荇菜是一种水中的野菜，叶子浮在水面上，开着黄色的小花，藏在水下的根茎是可以吃的。那么，采荇菜显然不是天子和诸侯会亲自去做的事，主人公只可能是劳动人民。如果要弥合这个矛盾，似乎只能有两种可能：一是天子、诸侯看着别人采荇菜，由此而联想起了自己应该像劳动人民采荇菜一样把那位让自己魂牵梦萦的姑娘给"采"回来；

---

① [宋]朱熹《朱子语类》卷八十一。

② [汉]郑玄/注，[唐]贾公彦/疏《仪礼注疏·乡饮酒礼》"宾出，奏《陔》"句下郑注：钟鼓者，天子诸侯备用之，大夫、士鼓而已。

一是这首诗本来只有前半部分，确确实实是一首民歌，后来在流传的过程中走进了上流社会，不断接受加工改造，终于变成了现在这个样子——无论从口头文学的一般流传过程来看，还是从先秦文献的传承规律来看，这种情况都是很有可能的。

但问题还有第三种可能，这就需要另外的一个视角："采"或者"求"的确是一个真实的意蕴，"采荇菜"却未必是一个真实的事件，君子"寤寐求之"的也未必就是一位采荇菜的姑娘。张启成对《诗经》的采摘意象作过这样一个推论："在《诗经》中，凡以采取某种绿色植物为诗歌开端的诗句，已成为表达相思之情的固定套式。……凡与采绿有关的习用套语，不管是采卷耳、采薇菜还是采蓝草，都是相思的前奏曲，暗示出一种强烈、深沉而缠绵的思念之情。……采绿与相思的结合是如此的紧密，由此进一步发展，采绿又可以成为恋爱对象或婚姻配偶的比喻。"①

其中引述的例证尽管有误（比如"采卷耳"，详见《卷耳》章），但这仍不失为一个相当有说服力的推论，然而疑义并没有就此结束。再看诗的最后两段"琴瑟友之"和"钟鼓乐之"，许多注本都说这是君子终于如愿以偿，和那位窈窕淑女成婚了，琴瑟与钟鼓都描写婚礼上的欢庆场面，于是说这是一首婚礼诗或贺婚诗。这个解释虽然非常流行，却犯了以今度古的错误：今天办婚礼，吹拉弹唱、大操大办、热闹喜庆，但这种婚礼习俗其实是隋唐以后才出现的，周代的婚礼并不鸣钟奏乐。婚礼本来是以安静为特色的，是在黄昏时分静悄悄地举

①　张启成《国风的习用套语及其特殊含义》,《〈诗经〉风雅颂研究论稿》,学苑出版社,2003年,第245-246页。

行的——"婚"字原本作"昏","成婚"原作"成昏",就是由此而来的。

当然,贵族的婚礼也很能大操大办,比如现在流行的迎亲车队的风俗早在周代就已经有了——《诗经》里有一篇《韩奕》,描绘韩侯娶妻的场面,韩侯亲自到岳父家里去接妻子,这就是周礼中的"亲迎礼",是传统婚礼的"六礼"之最后一项,但"六礼"之说也许只是后儒附会,实际只有"三礼",①所谓"六礼"或许和《诗经》的"六义"一样,是出于对神圣数字"六"的比附。但无论"六礼"还是"三礼",亲迎礼都是最后一项,这一环节就类似于现代社会的婚礼,而在两千多年前,行亲迎礼的韩侯以上百辆的彩车组成了一个浩浩荡荡的豪华车队,直奔岳家而去,②而这样的车队规模,在当时足够打一场中型战争了。

但是,无论车队多么豪华、多么浩大,按规矩,这个亲迎礼总是要在黄昏举行的。《仪礼·士昏里》有对士这一阶层结婚礼数的详细记载,说新郎要把亲迎的用车漆成黑色——这可不是为了低调,因为按照周礼,士的用车标准是栈车,大夫才能乘坐墨车,这在平时是不能僭越的,但婚礼的情况特殊,允许士把自己的车漆成黑色,当做大夫一级才能享受的墨车去迎接新娘,让自己更有一些面子。这就透露给我们两个信息:一是黑色是高档轿车的标准用色,到现在也还是这样,低端的平民用车就没有漆成黑色的;二是婚礼的时候要摆谱充胖子,古

① 参见陈筱芳《春秋婚姻礼俗与社会伦理》,巴蜀书社,2000年,第三章。
② 《诗经·大雅·韩奕》:韩侯取妻,汾王之甥,蹶父之子。韩侯迎止,于蹶之里。百两彭彭,八鸾锵锵,不显其光。诸娣从之,祁祁如云。韩侯顾之,烂其盈门。

墨車

上有蓋建木柄于後横

用繢袍謂綠袍之言施以繢繶繶象陽氣下施蓋褘繶袋必玄衣象水火交濟玄青黑而練紫赤玄衣則緇緇帶緇近黑也說文謀袍當作綠袍下云祿紫也據論語朝服祿緗蓋引巾爲重加之名緇袍爲綠袋帛色　特爲昏制言緇袋見衣色見衣

色見帶色

玟工記車有六等祭車始輪兵車之輪六尺有六寸田車之輪六尺有三寸乘車之輪六尺有六寸六尺有六寸之輪崇三尺有三寸加軫與轒四尺人長八尺登下以爲節鄭玄謂兵車

（儀禮奭固禮器圖二）

六

革路田車木路乘車玉路金路象路積較闌也軫與後輮木也與外兩旁有輢輪人記云參分軫圍去一以爲輢鄭玄謂弧弩度也弱蒲也蓋參其輻當轂處在外一在內以置其輻謂轂當輻處輻入也記云輪輻三十以象日月老子云三十輻共一轂則輪中轂也輪人記又云輪廣以爲轒深則輪中轂記云輪參分輻長而殺其一如入轂空一寸入牙一寸餘有三尺則殺分輻長而殺其一如入輻圓去一以爲偓圓如股圍六寸之輻一尺又云參分股圍圓四寸蓋牙得則無染而固萱輿轒亦必相得也又云梓其圍之漆内中謂之以爲轂長鄭曲盖轒牙鄉外輪乃堅記云六尺六寸之輪崇三分寸之二言高六分在内也又云

往今来一直是人之常情。

新郎坐上了伪装版的高级轿车，一行人还要带上火把，因为这已经是黄昏了，天很快就要黑了。天黑，车也黑，人更黑——新郎的衣裳要绣黑边，随从穿的都是黑衣，等到了岳父家，看到的也是一众身穿黑衣的女眷。大红大绿的装束和吹吹打打的作风一样，是社会平民化之后的产物，不是周代这个贵族社会所有的。

迎亲之后，天自然已经黑了，于是，一群黑衣人乘着黑车、打着火把，月黑风高地回

墨车。出自吴之英《寿栎庐仪礼奭固礼器图》。民国九年吴氏刻寿栎庐丛书本。

家去了。到了自家，天已大黑，新郎和新娘要吃上一顿来补充能量，然后用一种专门的合卺杯喝酒，这就是饮合卺酒，也就是现代婚礼的交杯酒，只不过这种特殊的杯子在清代以后就失传了，现代人只能用普通酒杯搞简化的合卺礼了。

这一夜的共食与共饮叫做"共牢而食，合卺而饮"，是一种特殊化的饮食方式。古人宴会的常规——分席而坐、分餐而食，类似于今天西餐的吃法，猪牛羊肉等等都分在每人各自的餐具里。结为夫妻之后，两人合吃一份，是为"共牢"；卺的原始形态则是一个瓢破做两半，夫妻各用一半，合起来是一个整瓢，是为"合卺"。

合卺酒喝完之后，新婚夫妇就该入洞房了（当时尚无洞房之称）。等到了第二天清晨，新娘沐浴梳妆之后，这才第一次拜见公婆。我们在古装影视作品里惯见的"一拜天地，二拜高堂，夫妻对拜"的仪式在周代还没有出现。

整个婚礼过程是以静为主的。孔子说过："嫁女之家，三夜不息烛，思相离也；取妇之家，三日不举乐，思嗣亲也。"[①]新郎家里一连几天都不能奏乐，为的是照顾新娘的情绪——人家毕竟刚刚离开了父母，年纪又那么小（古人成婚早）。所以说，婚礼虽然是件喜事，但是喜中有悲，低调一些才更符合人之常情。

《礼记·郊特牲》还有一个明确的说法"昏礼不用乐"，给出的理论依据是：结婚属阴，音乐属阳，所以不能用阳来破坏阴。[②]甚至婚礼还不需要别人祝贺，因为"结婚意味着传宗接

①《礼记·曾子问》。另见《韩诗外传》卷二。
②《礼记·郊特牲》：昏礼不用乐，幽阴之义也。乐，阳气也。昏礼不贺，人之序也。

诗经讲评之风人深致

代,传宗接代意味着新陈代谢,做人子的自然不能无所感伤,故尔无心受贺"。[1]"昏礼不贺"更由《白虎通义》被官方确定为全国统一的行为准则。[2]

尽管这种阴阳理论更像是汉人的观念,但"昏礼不用乐"的确是周代以来一贯如此的。所以,有些《诗经》注本说"琴瑟友之"、"钟鼓乐之"是描写迎娶新娘的场面,这是没有道理的。

那么,既然"琴瑟友之""钟鼓乐之"并非迎娶新娘,又该是什么意思呢?男求女的手段而已。《韩诗外传》考索古时天子的钟鼓仪仗,推论"钟鼓乐之"的涵义是"音乐有和,物类相感,同声相应"。[3]虽然论据引述得过于迂曲,但结论已经比较贴近了。

说"琴瑟友之""钟鼓乐之"是男求女的手段,可供佐证的是《左传·庄公二十八年》的记载,令尹子元大胆追求楚文王的遗孀,在文王夫人住处旁边盖了房子,在里边轰轰烈烈地跳起一种叫做"万舞"的乐舞。万舞在楚国一直作为军舞,雄壮威武,子元大概是想用这个乐舞来展现自己的魅力,想赢得隔壁文王夫人的芳心。《诗经》里有一篇《简兮》,描写男子大跳万舞,一边奏乐,一边挥舞野鸡尾巴,孔武有力,如同

① 王文锦《礼记译解》,中华书局,2001年,第356页。

② [清]陈立《白虎通疏证》,中华书局,1994年,第462—464页。

③《韩诗外传》卷一:古者天子左五钟,将出,则撞黄钟,而右五钟皆应之,马鸣中律,驾者有文,御者有数,立则磬折,拱则抱鼓,行步中规,折旋中矩,然后太师奏升车之乐,告出也。入则撞蕤宾,以治容貌。容貌得则颜色齐,颜色齐则肌肤安,蕤宾有声,鹄震马鸣,及保介之虫,无不延颈以听,在内者皆玉色,在外者皆金声,然后少师奏升堂之乐,即席告入也。此言音乐有和,物类相感,同声相应之义也。诗云"钟鼓乐之",此之谓也。

猛虎下山,让人着实心动①(有点像现代的摇滚乐演唱会)。子元跳的就是这个万舞,可文王夫人听着窗外的动静,不但没有一点芳心荡漾的迹象,反倒哭着说:"先君曾用这个舞蹈来作战备演习,现在令尹不用它来对付仇敌,却用在我这个未亡人的身边,这也太不像话了!"侍人把这番话转达给了子元,搞得子元大为羞愧。②

顺便一提,这位文王夫人就是中国历史上大名鼎鼎的美女息妫,原本是息国夫人,楚文王为了抢她而灭掉了息国。息妫后来为楚文王生了两个儿子,其中一个就是后来的楚成王。但息妫在楚国一直很沉闷,从不主动说话,楚文王问她缘故,她说:"我一个女人侍奉了两个丈夫,纵然苟且活着,哪还有脸多说话呢。"——女子从一而终的观念在先秦虽然还没有成为普遍的道德观,却已经有了苗头了。后来王维吟咏息妫:"莫以今时宠,能忘旧日恩。看花满眼泪,不共楚王言",联系王维因安史之乱被迫担任伪官的遭际,这首诗的内涵便更加丰富了。杜牧也为息妫写过一首很有名的诗,叫做《题桃花夫人庙》:"细腰宫里露桃新,脉脉无言几度春。至竟息亡缘底事,可怜金谷坠楼人",这是以唐代的道德标准苛责古人,语带讥讽,认为息妫还是死了最好。

---

① 《诗经·邶风·简兮》:简兮简兮,方将万舞。日之方中,在前上处。
硕人俣俣,公庭万舞。有力如虎,执辔如组。
左手执龠,右手秉翟。赫如渥赭,公言锡爵。
山有榛,隰有苓。云谁之思?西方美人。彼美人兮,西方之人兮。
② 《左传·庄公二十八年》:楚令尹子元欲蛊文夫人,为馆于其宫侧,而振万焉。夫人闻之,泣曰:"先君以是舞也,习戎备也。今令尹不寻诸仇雠,而于未亡人之侧,不亦异乎!"御人以告子元。子元曰:"妇人不忘袭仇,我反忘之!"

话说回来，令尹子元搞的这个万舞，其意义就相当于"琴瑟友之"、"钟鼓乐之"，只是落得个灰溜溜地收场罢了。那么，我们难免会好奇地问：《关雎》的主人公成功了没？

从文意推测，最可能的答案是：他不但没有成功，甚至连令尹子元那样轰轰烈烈的一个追求过程都没有——他既没有弹琴鼓瑟，也没有唱歌跳舞，这一切快乐而感人的场面仅仅是他"悠哉悠哉，辗转反侧"时候的美丽的意淫。①

疑云一点点地散开，但还没有散尽，开篇第一节其实就很难解。"关关雎鸠，在河之洲。窈窕淑女，君子好逑"，诗人听到了沙洲之上雎鸠的鸣叫，由此想到自己的求偶，这个手法名之为起兴——且不管赋、比、兴的本义到底如何，或到底是否存在可靠的出处，反正大家早已经约定俗成地这么来用了。那么，这个起兴，"关关雎鸠，在河之洲"与"窈窕淑女，君子好逑"之间到底有什么联系呢？

这就先要说清什么是雎鸠。雎鸠，就是鱼鹰，也叫尸鸠，是一种猛禽，善捕鱼，还能吃蛇。这么一解释，雎鸠好像就不那么美丽可爱了，比如替换作"关关鱼鹰"或者"关关尸鸠"，感觉总是不对；"关关雎鸠"对应成现代汉语就是"鱼鹰呱呱叫"，也嫌粗俗。反正不管怎么说，这种水鸟（也有人说它是捕鱼的山禽）②总是叫声刺耳、形象不佳的，如果有谁说看见鱼鹰、听见

---

① 钱钟书《管锥编》，中华书局，1979年，第66-67页："求之不得，寤寐思服。悠哉悠哉，辗转反侧。"《传》、《笺》以"服"与"悠"皆释为"思"，不胜堆床骈拇矣！"悠"作长、远解，亦无不可。何夜之长？其人则远！正复顺理成章。《太平乐府》卷一乔梦符《蟾宫曲寄远》："饭不沾匙，睡如翻饼"，下句足以笺"辗转反侧"也。

② 李时珍《本草纲目》就是这么说的，王夫之赞同这个山禽的说法。见[清]王夫之《诗经稗疏》，《船山全书》，岳麓书社，1988年，第3册，第38-39页。

关雎

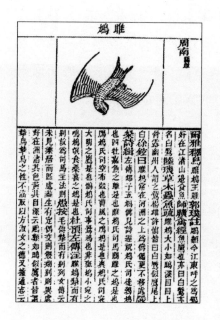

雎鸠。[清]徐鼎《毛诗名物图说》,乾隆三十六年刻本。这个俯冲的姿态应该是一个入水捕鱼的凌厉造型。

鱼鹰叫,就想起自己的梦中情人,这种联想实在匪夷所思,如果换成鸳鸯、白鸽什么的,那就自然多了。

这种疑惑,古人早就有过。朱熹就说雎鸠是"说得来可畏,当是鹰鹯之类,做得勇武气象,后妃恐不然",[1]这是说雎鸠这种水鸟拿来比武士倒还有几分贴切,比之于后妃可实在反差太大。即便古人一度搞不清雎鸠到底是什么鸟的时候,有人说是鹭,有人说是鹰,总而言之都是"搏击之鸟"。[2]

无论两千多年来人们的审美观念发生了怎样天翻地覆的变化,但从鱼鹰或某种"搏击之鸟"联想起梦中情人,这种事怎么说也是违背基本人性的,所以这个联想关系肯定发生在别的层面上。

"别的层面"是哪里呢?《毛诗》以为就是雎鸠的"挚而有别"的品德,即雌雄虽然情深意切却还能保持一

---

① [宋]朱熹《朱子语类》卷八十一。
② [元]李冶《敬斋古今黈》卷六。

定的距离，用《淮南子·泰族》的说法，是"雌雄之不乖居也"，王念孙以为就是雌雄有别而不同居。[①]且不论有学者如王夫之对"挚而有别"在训诂上的质疑，[②]这个"别"正是儒家礼制思想的精髓，于是"夫妇有别则父子亲，父子亲则君臣敬，君臣敬则朝廷正，朝廷正则王化成"，雎鸠"挚而有别"的品德如果在人类社会推行开去，必将达至儒家理想的最高境界：王道。[③]

雎鸠的这种看上去匪夷所思的特性确实得到过观察上的验证——宋代李公弼担任地方官的时候，一次去乡村视察，见到鱼鹰在水际飞翔，问小吏，小吏答

关雎风始图。[清]高俦鹤《诗经图谱慧解》卷一，康熙四十六年手稿本。图说当中开宗明义地提出了一个观点：《诗》属兴体，本来是无法以图像来表现的。于是这个图谱自然属于不得已而为之了。这幅图画很得象征主义的精髓，近景是一对雎鸠，中景是以云雾作了虚化处理的宫阙，远景是山峦，是现实生活中绝对不可能出现的画面。作者也承认雎鸠和宫阙并不存在实际联系，不过借此以示诗义："王化始于闺门，殊令人可以想慕。"

---

① 刘文典《淮南鸿烈集解》，中华书局，1988年，第675页。

② [清]王夫之《诗经稗疏》，《船山全书》，岳麓书社，1988年，第3册，第39页：本为鸷鸟之属，故毛公云"挚而有别。"挚之为言鸷也。其鸟似鹰而土黄色，深目，好跱，交则双翔，别则异处。以其立不移处，别则异所，故以兴"夫妇有别"之义。

③《毛诗正义》卷一：雎鸠，王雎也，鸟挚而有别。水中可居者曰洲。后妃说乐君子之德，无不和谐，又不淫其色，慎固幽深，若关雎之有别焉，然后可以风化天下。夫妇有别则父子亲，父子亲则君臣敬，君臣敬则朝廷正，朝廷正则王化成。笺云：挚之言至也，谓王雎之鸟，雌雄情意至然而有别。

关雎

　　雎鸠,王雎(右上)。[晋]郭璞《尔雅音图》,嘉庆六年影宋绘图本重模刊,艺学轩藏版。《毛诗》:"雎鸠,王雎也,鸟挚而有别。"《尔雅音图·释鸟第十七》:"雎鸠,王雎,今江东呼之为鹗,好在江渚山边食鱼。"从"鹗"这个别名里更见得雎鸠的凶悍——孔融《荐祢衡表》推崇祢衡,说"鸷鸟累百,不如一鹗",这大约是周代以来的俗语,可见鹗(鱼鹰、雎鸠)在人们的心目中属于猛禽中的猛禽。

道:"这是雎鸠。这种鸟很特别,一个巢里分为两室。"李公弼仔细观察,见雎鸠果然一巢两室,推测一对雌雄配偶是分别睡的,由此悟到《关雎》古训所谓"和而别"的道理。①

的确,就连"挚而有别"也是《诗》学的一个争议问题,既有训诂之争,又有义理之辩。②在比较经典的解释里,朱熹以为雎鸠的生活习性是"生有定偶而不相乱,偶常并游而不相狎",这就是《毛诗》所谓的"挚而有别"。③这很容易让人想起古代传说中的鸳鸯,但鸳鸯的文化意象是"暂分烟岛犹回首,只渡寒塘亦并飞"(崔珏《和友人鸳鸯之什》之一),一对鸳鸯结伴而游,因为烟岛的阻碍而不得不暂时分离,就连这短暂到完全可以忽略不计的分别也惹得这对鸳鸯依依不舍地频频回首张望伴侣;仅仅渡过一片小小的水塘,就连这样微不足道的事情也要结伴而行。这在儒家正统观念里,就属于有挚而无别,突破了人伦关系中对距离的规定。于是足以担当儒家正统观念化身的禽类自然非雎鸠莫属了,在古人的视野里,《关雎》作为《诗经》第一篇,意义之所以重大,原因就在这里。《韩诗外传》便借孔子与子夏的对话极力夸张出《关雎》为什么是"天地之基":

子夏问曰:"《关雎》何以为国风始也?"孔子曰:"《关雎》至矣乎!夫《关雎》之人,仰则天,俯则地,幽幽冥冥,德之所藏,纷纷沸沸,道之所行,如神龙变化,斐斐文章。大哉!《关

---

① [宋]王铚《默记》,中华书局,1981年,第28-29页。

② 参见[高丽]丁镛《诗经讲义》,奎章阁藏稿本,第一卷《关雎》。

③ [宋]朱熹《诗集传》,《朱子全书》第1册,上海古籍出版社,安徽教育出版社,2002年,第404页。

比目鱼和比翼鸟。[晋]郭璞《尔雅音图》，嘉庆六年影宋绘图本重模刊，艺学轩藏版。所谓"在天愿作比翼鸟，在地愿为连理枝"，这样的爱情是社会进入文明化之后才逐渐定型的，先民们的感情生活很可能更接近于"鱼鹰捕鱼"这样的意象。即便是比目鱼和比翼鸟，原始形像也并不那么浪漫，在《尔雅音图》作者的"五方"观念里，东有比目鱼、西有比肩兽、南有比翼鸟、北有比肩民、中有枳首蛇，全是《山海经》和《镜花缘》式的描绘，毫无诗情画意。

雎》之道也，万物之所系，群生之所悬命也，河洛出图书，麟凤翔乎郊，不由《关雎》之道，则《关雎》之事将奚由至矣哉！夫六经之策，皆归论汲汲，盖取之乎《关雎》，《关雎》之事大矣哉！冯冯翊翊，自东自西，自南自北，无思不服。子其勉强之，思服之，天地之间，生民之属，王道之原，不外此矣。"子夏喟然叹曰："大哉！《关雎》乃天地之基也。"(《韩诗外传》卷五)

如果抛开儒家观念的影响来看雎鸠，它与恋情发生关系的缘由有可能就是在一个"求"字上——鱼鹰是捕鱼的好手，所以诗人看到鱼鹰捕鱼，很希望自己也能像它一样顺利地"捕获"自己的心上人。闻一多《说鱼》详细分析过鱼作为性隐语的意义，论证在男欢女爱之中，古人会把鱼比做被动的一方，把吃鱼的鸟类比做主动的一方。①在《诗经》里，《曹风·候人》"维鹈在梁，不濡其味。彼其之子，不遂其媾"就是很典型的例子。这个说法今天已经得到了许多考古发现与人类学研究的证实，②更有学者从上古抢婚制的遗俗和性心理的角度佐证了其中的合理性。③

至此而反观《关雎》的创作手法，一定就是起兴吗？这个显而易见的问题也不是所有人都持一致的意见，比如清代学者毛先舒就说：赋、比、兴原本并无定例，比如《关雎》这首诗，《毛诗》和朱熹《诗集传》都认为是用兴的手法。其实若从"挚而有别"这一点着眼，就可以称之为比；若从诗人因为所见所感而作诗这一点着眼，则可以称之为赋。毛先舒的这个说法，至少可以备为一家之言。

继续《关雎》的文本，在接下来的几节里，对荇菜的"左右流之""左右采之""左右芼之"，表现了采摘的递进过程（详见后文"字义"），引出诗人对窈窕淑女的"寤寐求之""琴瑟友之""钟鼓乐之"。所以，从诗歌结构上分析，鱼鹰的意义必然落在一个"求"字上，捕鱼、采荇、求偶，这三者构成了并列的结构，这也是符合先秦诗歌的一贯体例的。——这种解诗方法，就像做智商测验里的图形逻辑填空，当我们不清楚空白处究竟是什么的时候，不妨从整体结构上着眼，推理出那个空白。

但古人很少有这样解诗的，因为《诗经》位列"十三经"，

---

① 闻一多《说鱼》，《闻一多全集》，湖北人民出版社，1993年，第3册，第246-247页。

② 参见赵国华《生殖崇拜文化论》，中国社会科学出版社，1990年。

③ 刘毓庆《关于〈诗经·关雎〉篇的雎鸠喻意问题》，《北京大学学报》（哲学社会科学版），2004年3月。

属于经学范畴，也就是政治哲学范畴，和我们现在的马列理论同属一系。所以古代的儒家学者从义理出发，把"关关雎鸠"解释出无数复杂的意思。然而，如果走朴实的路线，从结构分析入手，便只能得出一个"求"的意思，这应该就是唯一的答案了。

【字义】

[1]窈窕：刘毓庆专有一篇《"窈窕"考》，从汉唐经世对"窈窕"的六种异说出发，探寻这个词的本义，确证了张舜徽《说文约注》的说法："窈窕二字本义，皆言穴之幽深宽闲，故字从穴"，所以引申义可指宫室的幽深，形容闺门幽深之状。于是"窈窕淑女"自然不是平常人家的女子，而是大家闺秀。大家闺秀自然端庄娴雅，于是端庄娴雅也成了"窈窕"的引申义之一。再者，"窈窕"本义是形容洞穴，因为穴道大多幽深曲折，于是"窈窕"也有了弯曲修长的引申义，如陶渊明《归去来辞》"既窈窕以寻壑"。①

[2]君子好逑："好"通常被读为四声，读四声是做动词用，语法上是讲不通的，读三声做形容词用才能讲通。②"逑"也作"仇"，③汉石经即作"仇"，④本字当做两鸟相背的样子，⑤读

---

① 刘毓庆《"窈窕"考》，《中国语文》，2002 年第 2 期。

② 参见[清]黄生《字诂》"好"条。

③ 参见[唐]陆德明/撰，黄焯/汇校《经典释文汇校》，中华书局，2006 年，第120 页。

④ 于茀《金石简帛诗经研究》，北京大学出版社，2004 年，第 3-4 页。

⑤ 于省吾《泽螺居诗经新证·泽螺居楚辞新证》，中华书局，2003 年，第 69-70 页。

音都是"求",是伴侣、配偶的意思。古文"仇"、"敌"本来都是这个意思,对应的英文是 counterpart,而不是现代语义里的"仇敌"。譬如吴梅村诗句有"故剑犹存敌体恩",这说的是崇祯皇帝,这个"敌体"指的不是敌人,而是崇祯的皇后,即皇帝的 counterpart。

但"仇"字有个难题,《左传·桓公二年》讲过一个取名字的故事:晋穆侯的夫人姜氏在条地战役时生下长子,取名为仇;在千亩战役时又生了一个儿子,取名为成师。一位叫师服的大臣为此大发了一通议论,说:"国君哪能这样为儿子取名字呢!取名以表示道义,道义是产生礼仪的,礼仪是作用于政治的,政治是用于端正人民的。政治搞得好,人民就会服从,反之就会生乱子。古来好的配偶叫妃,不好的配偶叫仇。如今国君为长子取名为仇,给仇的弟弟取名成师,这是动乱的预兆,做哥哥的恐怕将来要倒霉了。"①

"古来好的配偶叫妃,不好的配偶叫仇",原文作"嘉耦曰妃,怨耦曰仇"。晋穆侯在条之役打了败仗,看来心里不大痛快,给儿子取名也用了个坏字眼;在千亩之役中打了胜仗,大概是一高兴就给二儿子取了个漂亮名字。我们且不管晋穆侯的家事,单从师服的话看来,"嘉耦曰妃,怨耦曰仇",这显然与《关雎》"君子好仇(逑)"有了冲突——难道那位窈窕淑女竟然是君子的怨耦不成?

这问题曾经很让古人犯难,毕竟一个是《诗经》,一个是

①《左传·桓公二年》:初,晋穆侯之夫人姜氏以条之役生大子,命之曰仇。其弟以千亩之战生,命之曰成师。师服曰:"异哉,君之名子也!夫名以制义,义以出礼,礼以体政,政以正民。是以政成而民听,易则生乱。嘉耦曰妃,怨耦曰仇,古之命也。今君命大子曰仇,弟曰成师,始兆乱矣,兄其替乎?"

《左传》，都是圣门经典，否定哪个也不合适，但放到一起确实又产生矛盾，这可怎么办呢？郑玄给《诗经》作笺注的时候就努力想抹平这个矛盾，说：所谓"怨耦曰仇"，是指深宅大院里的那位窈窕淑女可以为丈夫（君子）平息姨太太们的纷争。①

但如果不把儒家经典看得那么神圣不可侵犯的话，我们会发现《左传》的解释很可能是不大可靠的。比如《诗经·兔罝》里即有"公侯好仇"，从上下文判断，显然"仇"字没有贬义，②但从《左传》来看，那时候的人还多次犯下过"止戈为武"、"人言为信"这类望文生义的美丽错误，师服的话在当时或许也是说得通的。③

还有一种极有说服力的解释：闻一多《诗经新义》曾经论证"好"为"妃"之讹，"好仇"即"妃仇"，后者当是古代成语，二字并列、不分反正，所以"好仇"就是配偶、匹配之人，而不是"好的配偶"。④

[3]左右流之，左右采之，左右芼之：许多注本解释这三

① ［汉］毛亨／传，［汉］郑玄／笺，［唐］孔颖达／疏《毛诗正义·关雎》：笺云：怨耦曰仇。言后妃之德和谐，则幽闲处深宫贞专之善女，能为君子和好众妾之怨者。言皆化后妃之德。

② ［清］李光地《诗所》卷一释"君子好逑"：与"公侯好仇"同。

③ ［清］俞樾《湖楼笔谈》，《九九销夏录》，中华书局，1995 年，第 183 页：晋穆侯名其二子曰仇、成师，盖皆美名。《左传》载师服之言，乃有"嘉耦曰妃。怨耦曰仇"之说，此好事者为之。《尔雅》云："仇，合也。"又云："仇，匹也。"《周南》两言"好仇"。《大雅》言"仇方"。毛公皆训为匹，与《雅》谊合。"怨耦"之说，非古训也。郑君用《左传》以易毛义，殊为失之。春秋时人好因字义横生议论……

④ 闻一多《诗经新义》，《闻一多全集》，湖北人民出版社，1993 年，第 3 册，第 255—256 页。

句话，认为所谓"流之"、"采之"、"芼之"，都是"采"的意思，并无分别，只是为了分章换韵所以才变换文字罢了。但这是错误的解释。要理解这三句话的意思，一来可以从结构入手，二来可以从训诂入手。清代学者凤应韶是从前者入手的，认为左右流之，左右采之，左右芼之，这三句构成了层层递进的效果，正是《诗经》里的惯用手法；[①]于省吾从后者入手，认为"流"并没有"采"的意思，所谓"左右流之"，是说荇菜随水流而左右摇摆，"左右采之"才是动上手了，但这还只是泛指，直到"左右芼之"才写到采摘荇菜的具体动作。"芼"就是现代汉语的"摸"，读音也作 mō，而不是像一般注本注音为 máo。[②]但无论是凤应韶的解释还是于省吾的解释，三段话在递进的关系

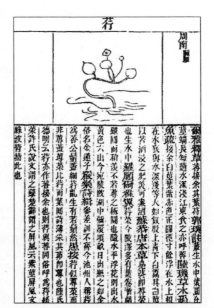

荇菜。[清]徐鼎《毛诗名物图说》，乾隆三十六年刻本。荇菜，像睡莲一样漂在水上，能开出黄色的小花，盛开时大片的黄花弥漫水面，非常漂亮。荇菜的叶子和茎是可以吃的，江南现在还有人拿它煮粥。

① [清]凤应韶《凤氏经说》卷三"关雎"条。
② 于省吾《泽螺居诗经新证·泽螺居楚辞新证》，中华书局，2003年，第70页。

上都是一致的,即便我们还不能确指字义,但可以基本确指这三段话的递进关系。

[4]寤寐思服:许多注本都把"思"释为语助词,把"服"释为"思念",这个说法是从《毛诗》来的,是一个历史悠久的错误。"服"并不存在"思念"的意思,在这里的用法当如《周易·系辞》的"服牛乘马",是"驾驭"、"驯服"的意思,引申为君子把淑女"搞到手"。①《韩诗外传》卷四:"故弓调然后求劲焉,马服然后求良焉"。

【杂识】

[1]诗与乐

《诗经》是否入乐、如何入乐,这是《诗经》研究史上的一大公案。②但至少《关雎》与音乐的关系是有案可查的。《论语·泰伯》记载孔子的话说:"师挚之始,《关雎》之乱,洋洋乎盈耳哉",杨伯峻解释说:"始"是乐曲的开始,这部分一般由太师演奏,师挚就是鲁国的太师,由他演奏,所以叫"师挚之始";"乱"是乐曲的结束部分,是合奏,合奏之时奏《关雎》的乐章,所以叫《关雎》之乱"。③孔子看来对《关雎》的音乐非常欣赏,

---

① 参见于茀《金石简帛诗经研究》,北京大学出版社,2004年,第5-6页。
② 参见[清]全祖望《经史问答》卷三,《全祖望集汇校集注》,上海古籍出版社,2000年,第1899页:问:"然则程文简公泰之谓《诗》,除《雅》、《颂》、《南》、《豳》之外,皆不入乐,顾亭林力宗之,而先生不以为然,何也?"答:"古未有《诗》而不入乐者。是乃泰之谬语也。特宗庙朝廷祭祀燕享不用,而其属于乐府,则奏之以观民风,是亦乐也。是以吴札请观于周乐,而列国之风并奏焉,不谓之乐而何?古者四夷之乐,尚陈于天子之庭,况列国之风乎?亭林于是乎失言。……"
③ 杨伯峻《论语译注》,中华书局,1980年,第83页。

《关雎乐谱》（《钦定诗经乐谱全书》卷一，国风·周南）

所以说"洋洋乎盈耳哉"。

　　但这样讲总有一些别扭，这就好比说"贝多芬之始，《第九交响曲》之终"，语意毕竟无法贯通。古人对这句话也大有疑惑，有人把"师挚之始，《关雎》之乱"中间的断句去掉，"始"字作动词用，变成"师挚之始《关雎》之乱"，这就成了师挚整理乐章的意思。①无论如何，我们总还是能够确定《关雎》是可以入乐的，而且是在正式场合演奏的。前边讲过《关雎》内容的前后矛盾有可能显示出从民歌到雅乐的演变痕迹，以《论语·泰伯》证之，

《关雎乐谱》。《钦定诗经乐谱全书》卷一，《丛书集成新编》，新文丰出版股份有限公司，中华民国七十五年，第54册，第9页。

---

① 程树德《论语集释》，中华书局，1990年，第542—545页。

关雎

更见道理,这大概就像《梁祝》由黄梅戏变成交响乐,总要有相当之改动的。

《关雎》到底怎么演奏,早已经不得而知了,但古人为此还是很下工夫的,毕竟音乐对于他们来说可绝对不仅仅是娱乐,"乐教"和"诗教"一样都是儒家核心的政治理念。于是历代总有好事者要把《诗经》谱出来,让它重新入乐。这种事唐宋皆有,只是不传,[1]离现代最近的大概要算乾隆皇帝主持编修的《诗经乐谱》,在凡例里先把前辈们的同类工作一一批评了一遍,但这个新谱子和周代的音乐也不知道到底能有多大关联。

[2]乐而不淫,哀而不伤。

若论《关雎》对后世的影响力之大,与其说这种影响力来自《关雎》本身,不如说是来自孔子的一句评语,这就是《论语·八佾》里的"乐而不淫,哀而不伤"。"淫"不是"邪淫",而是"过度"。这句话的意思很简单:情绪的表露要有个限度、有所收敛,高兴了不能手舞足蹈,难过了也不能捶胸顿足。一言以蔽之,就是"节制",儒家鼓吹礼治,"礼"的一个作用就是要让人们自动自发地有所"节制"。

这个思想,表现在政治上,就是"复礼";表现在修身上,就是"克己";颜回问孔子什么是"仁",孔子的回答就是"克己复礼为仁",还补充了一句说:"一日克己复礼,天下归仁焉",这就是孔子仁学理论的最高标准。[2]

----

① [宋]王应麟《困学纪闻》卷三:横渠《策问》云:湖州学兴,窃意遗声寓之埙箎,因择取二南、小雅数十篇,使学者朝夕咏歌。今其声无传焉。朱子《仪礼通解》有《风雅十二诗谱》,乃赵彦肃所传,云即开元遗声也。
②《论语·颜渊》。

诗经讲评之风人深致

那么,《关雎》符合这个标准吗？从诗意来看,这场爱情虽然爱得"辗转反侧",但毕竟没有死去活来。上博简《孔子诗论》是新近发现的儒家早期的诗学文献,其中有"关雎之改……以色喻于礼……"一段,诸家释文不一,大致是说《关雎》发乎情、止乎礼,这便是先秦儒家眼里的《关雎》涵义。[①]如果一首现代诗前边照《关雎》这样来写,结尾处很可能就要搞上一个逆转,断然否定上文:

> ……不！这都是记忆的粉饰！
> 那一刻,我们忘记了
> 利休的草庵、宋朝的哲学,以及
> 波西米亚的游历。
> 当爱极至成欲,
> 隔着冬衣,
> 是我们赤裸的心。

不但在前后结构上制造逆转,还要在最后一句构成对比和不合理:"冬衣"与"赤裸"的对比,"赤裸"与"心"构成一个不合理的搭配,成为刺激读者想象的最后一针。这就是诗艺的发展使然,原本诗歌只是直抒胸臆,仅仅略加修饰而已。之后则要经历种种突破,叙事结构也从质朴白描到峰回路转,而这种峰回路转的手法其实是从小说里借鉴来的。这种时候再反观那些质朴白描的作品,又别有一番趣味。

[①] 参见马承源《上海博物馆藏战国楚竹书》,上海古籍出版社,2001年,第1册,第139-141页。黄怀信《上海博物馆藏战国楚竹书〈诗论〉解义》,社会科学文献出版社,2005年,第23-50页。

关雎

因为发乎情、止乎礼，《关雎》便为情诗的写作提供了正当的依据。毛先舒论说《诗经》为后世情诗之始，其中有哀情一路，源于《氓》《绿衣》；有愉情一路，即源于《关雎》。梁章钜则指出了另一种可能——唐代诗人朱庆馀有一首诗："洞房昨夜停红烛，待晓堂前拜舅姑。妆罢低声问夫婿，画眉深浅入时无"，如果不是因为诗题叫做《近试上张籍水部》，读者怎么会知道诗人并非言在闺情，而是别有寄托呢？《诗经》里那些或嫌轻薄的篇章，我们又怎么知道其中一定没有意在言外的所谓风人之旨呢？

[3]《关雎》主题的历史变迁。

古人对《关雎》主题的理解，最通行的就是所谓"后妃之德"，这是汉人的解释，后来被历代官方确立为权威。但是，且不论在汉代之后又生起许多争议，单是在汉代之前那短短的几百年间，《关雎》的主题就发生过三次重大的变化。①

《仪礼》讲过在乡饮酒礼和燕礼上都会用到《关雎》。所谓乡饮酒礼，起源大约是氏族部落的集体聚会，后来被儒家赋予了许多仪式化的细节规定和政治意义。大体而言，就是乡人们聚在一起，由年高德劭的前辈做主持人，开始吃吃喝喝。这个吃喝的过程有很多讲究，有不少尊卑长幼的礼仪与交往的细节。具体的仪式内容也在与时俱进，但一直到清代，乡饮酒礼始终未废。

在乡饮酒礼的过程中，按规定要演奏《诗经》里的一些篇章，《关雎》就在其中。②演奏《关雎》的意义何在呢？"乡饮酒礼

---

① 陈桐生《史记与诗经》，人民文学出版社，2000 年，第 125-133 页。

② 《仪礼·乡饮酒礼》：乃合乐：《周南》，《关雎》《葛覃》《卷耳》；《召南》，《鹊巢》《采蘩》《采蘋》。工告乐正曰："正歌备。"乐正告于宾，乃降。

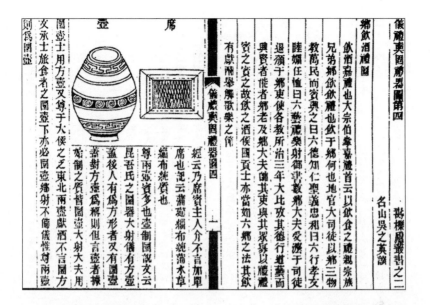

乡饮酒礼的部分设施与乐器。吴之英《寿栎庐仪礼奭固礼器图》，民国九年吴氏刻寿栎庐丛书本。

是一种培养人们尊让洁敬伦理情感的礼仪规范，而在乡饮酒礼仪上以《关雎》合乐，则是体现一种不至于流放的有节制的欢乐"。①

另外，在乡射礼、燕礼上也要用到《关雎》。燕礼的意义在于明确君臣大义、协调君臣关系、促进上下和睦，于是以先秦社会断章取义的用诗手法，以"窈窕淑女，琴瑟友之""窈窕淑女，钟鼓乐之"这样的内容来比拟燕礼上的君主娱乐臣下之意。

① 陈桐生《史记与诗经》，人民文学出版社，2000年，第126页。

关雎

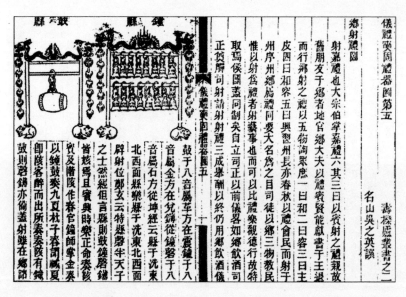

钟鼓图。乡射礼所列。吴之英《寿栎庐仪礼奭固礼器图》。

汉初齐、鲁、韩三家官学解释《关雎》，认为这是一首政治讽刺诗，讽刺的是周康王的荒淫无道。[1]推测原委，一来是因为这些诗学家们大有战国以来知识分子政治担当的传统，二来是因为对女色亡国的普遍忧虑。而当时尚处私学地位的《毛诗》站出来扭转乾坤，大谈后妃之德，把讽刺诗变成了赞美诗，这可以说是在董仲舒理论的政治学术氛围下自然而然的转变。君主开始高度集权，如果

---

① 前人于此辨析较详者，可参看[宋]王应麟/著[清]翁元圻《翁注困学纪闻》卷三，商务印书馆，1935年，第222-223页。

《诗经》的开篇第一首诗是讽刺君主的诗,实在违背纲常伦理。后来三家诗陆续失传,只剩下一个《毛诗》,"后妃之德"的解释也就渐渐地变成权威了。

以现代人眼光来看,古人这样解释《诗经》,毫无文学情趣,一切问题泛政治化,实在是焚琴煮鹤。但这就是古人的传统,尤其在汉人的眼里,《诗经》虽然形式上是诗歌,实质上却是讲政治的,是臣下向君主的劝谏之书。①

《汉书·武五子传》记载昌邑王总是看到一些稀奇古怪的不祥之兆,心里烦闷,问龚遂是怎么回事。龚遂说:"大王您把《诗经》三百零五篇都学遍了,这部书不但讲透了做人的道理,也讲透了治国的方法,可您的所作所为符合《诗经》里哪一篇呢?"后来昌邑王倒台,一干手下全被治罪,龚遂因为当初常有进谏而获得了赦免。②

另据《汉书·儒林传》,同时还有一个王式,是昌邑王的老师,昌邑王倒台之后,王式受到审问:"昌邑王那么坏,你也不知道进谏,档案里边怎么见不到你的谏书呢?"王式回答说:"我天天拿《诗经》教育昌邑王,其中忠臣孝子之篇尤其反复诵读,讲到那些危亡失道之君更是痛哭流涕、语重心长。《诗经》就是我的谏书,所以你们在档案里找不到我的谏书。"③

[4]诗言志

政治挂帅是诗学的悠久传统,直到魏晋隋唐的人们开始

---

① [清]惠栋《九曜斋笔记》"经术"条:"潜邱语:以《禹贡》行河;以《洪范》察变;以《春秋》断狱,或以之出使,以《甫刑》校律令条法;以《三百五篇》当谏书;以《周官》致太平;以《礼》为服制,以兴太平。斯真可谓之经术矣。"

②《汉书·武五子传》。

③《汉书·儒林传》。

关雎

027·

自己写诗的时候,也或多或少地继承着这个传统,即所谓"诗言志"是也。但事实上,"诗言志"是个望文生义的美丽附会。

"诗言志"是诗学的一个重要命题,"诗"字的古文就是左边一个"言"字和右边一个"志"字组合而成的。[①]"诗言志"的说法也多见于先秦文献,[②]考其本义,当时"诗"是对"言"的记载,即"诗,言之志也",也就是"诗,是言的记录",而后"言志"便被误读为"抒发心志"的意思,很快也就约定俗成了。[③]但另一方面,从《左传》来看,外交活动常常需要诗,诗所言之志多是带有政治涵义的外交辞令。尽管外交官们流行断章取义的咏诗方式,但诗与政治的关系的确是不容抹煞的。

言志的负担毕竟太重,于是诗也开始渐渐抒情,但这毕竟不是诗的正道,遂有词的出现,以艳科的低俗身份带来了近乎于真正意义上的纯文学。这时候反观《关雎》,本来也没有那么沉重。

① [汉]许慎《说文解字》:诗,志也,从言。

② 如《尚书·尧典》:"诗言志。"《左传·襄公二十七年》:"诗以言志。"《荀子·儒效》:"诗言是其志也。"《庄子·天下篇》:"诗以道志。"

③ "诗言志"多有异说,此不细辨。参见韩高年:《礼俗仪式与先秦诗歌演变》,中华书局,2006年,第52—57页。陈桐生:《从出土竹书看"诗言志"命题在先秦两汉的发展》,《文艺理论研究》,2007年第5期。朱自清:《诗言志辨》,华东师范大学出版社,1997年。

葛覃

葛之覃兮,施于中谷,维叶萋萋。黄鸟于飞,集于灌木,其鸣喈喈。

葛之覃兮,施于中谷,维叶莫莫。是刈是濩,为絺为绤,服之无斁。

言告师氏,言告言归。薄污我私,薄浣我衣。害浣害否,归宁父母。

【大意】

长长的葛藤呀,蔓延在山谷,叶子多么茂盛。黄鹂飞来,落在灌木上,唧唧地叫着。

长长的葛藤呀,蔓延在山谷,叶子多么茂密。把它割来把它煮,织成细布和粗布,努力织布不厌倦。

我要向女师傅请假去,告诉她我想回家。我去把内衣洗干净,我去把外衣洗干净。哪件要洗哪件不洗?我这就回家看望父母。

【考释】

《葛覃》是《诗经》的第二篇,我们读一般的诗词选本,对选目顺序通常不会太在意,因为这个顺序除了按作者的时代先后排列之外,一般也就没有更多的意思了,但《诗经》与众不同,因为一来大家相信它是经孔子亲手删订,二来大家更相信这是一部以诗集面目出现的政治哲学教材,所以在篇目的排序上肯定存在着某种深意。

这深意究竟是什么,孔子没说,后人也就只能在一些或扎实或不扎实的证据上去搞逻辑推理了。《毛诗》概括《诗经》各个篇目的主题,认为《关雎》是说"后妃之德",《葛覃》是说"后妃之本"。到底什么才是"后妃之本"呢?后儒研究《毛诗》,说所谓"后妃之本"、一是后妃未嫁在家的时候专心女工、勤俭节约,穿衣服不那么铺张;二是后妃尊敬师傅、心地好、有礼数;三是后妃嫁了好人家之后不忘父母,还常惦记着回娘家尽孝。《葛覃》里的这位女主角堪称所有后妃的典范,凡是嫁到王公贵族家的女子都应该向她学习。①

儒家讲文艺,不大关心艺术手法,关心的是作品的教育意义。这个影响是一直延续到现在的,今天我们讲文艺作品,还有很多人首先会从这一点上着眼,年轻人倒也愿意仰望一位站在高处的人生导师。话说回来,《葛覃》之所以是一篇优秀的诗歌,首先(如果不是完全的话)是因为它富于教育意

---

① 《毛诗正义》:《葛覃》,后妃之本也。后妃在父母家,则志在于女功之事,躬俭节用,服澣濯之衣,尊敬师傅,则可以归安父母,化天下以妇道也(躬俭节用,由于师傅之教,而后言尊敬师傅者,欲见其性亦自然。可以归安父母,言嫁而得意,犹不忘孝)。

义。那么,接下来的唯一问题是:这个教育意义是不是得到了正确的讲解?

有人就觉得上述解释很有问题,如宋人张文伯《九经疑难》:《关雎》是讲"后妃之德",《葛覃》是讲"后妃之本",这是有顺序的。"德"从哪里来呢,当然是来自"本";"本"到底是什么呢,就是《葛覃》里所说的那些内容。于是重新审视,就会觉得前边的那些解释大有可疑:如果后妃出嫁之前做做女工,这是再正常不过的事情,有什么值得称赞的?那么,以上说法到底错在哪里呢?错就错在《葛覃》明明通篇描写后妃生活,之前那个解释却把诗的前半部分理解为后妃出嫁之前在父母家里的生活了。①

不论意见如何分歧,《葛

后妃采葛图。[清]高侪鹤《诗经图谱慧解》卷一,康熙四十六年手稿本。原注:"此赋体第一章,句句皆实景也。本属写葛,偏见出无限景状,真惜劳惜福之极思,千古赋体之绝调也。展玩之余,后妃勤俭之风弥复宛然,而西岐高旷之境如在目矣。"既是"后妃勤俭之风",又是"西岐高旷之境",这是把《葛覃》理解为描述周人立国之初的朴素生活的作品了。

葛覃

---

① [宋]张文伯《九经疑难》卷四:《关雎》,后妃之德也。而所以成德者,必有本也。曷谓本?《葛覃》所陈是也。后之讲师,徒见序称后妃之本,而不知所谓,乃为在父母家志在女功之说以附益之。殊不知是诗皆述既为后妃之事,贵而勤俭,乃为可称。若在室而服女功,固其常耳,不必咏歌也。

覃》的主人公总是被当做后妃的，甚至还有人指认说这位后妃就是周文王的妻子太姒。儒家很重视榜样的作用，这样一解释，周文王是男人的最高榜样，他的妻子是女人的最高榜样，于是，政治领袖不但是统治者，更是全国人民的道德楷模；第一夫人虽然并不直接插手行政，却很值得全国女性竞相效仿。这实在是一个源远流长的政治技术：树典型、学典型，没典型就造典型；政治与道德合一，政治领袖总要身兼道德导师的角色。久而久之，老百姓也就习惯仰望、习惯效仿了。

但以较真的眼光来看，如果承认这位后妃就是周文王的妻子太姒，好像有点于理不合：周文王称王的时候，太姒的年纪应该超过五十了，这个年纪的女子，父母恐怕早就过世了，即便有高寿的可能，父母双双健在的可能性也实在不高。

解诗有时候很像圆谎，既然发现了一个纰漏，就尽可能找些理由把它圆上，于是，有人说太姒的父母虽然未必健在，但兄弟姐妹应该还是有的，所以诗的第三段中的"归宁父母"实际是说回到父母家去看望兄弟姐妹；还有人说"归宁父母"说的应该不是后妃本人，因为采葛织布本就不像是后妃会做的事，所以呢，这是在说后妃率领后宫一众女子大做女工，完活儿之后顾念大家的思家之心，让她们向自己的男人打个请假报告好回家看看。①

两说到底谁对，很难确定。但前一种说法面临过有力的质疑：从《左传》对先秦风俗的记载来看，诸侯的女儿只有当

---

① ［清］管世铭《韫山堂文集》卷一：后妃当文王嗣位之日，计年当近五十。《葛覃》又不知作于此后几年，疑不当尚有父母。有亦不必并存。则末章"归宁父母"之说不得专以后妃言也。采葛作服必非后妃独为之，所以率六宫而从事于勤俭也。女工既毕，推念后宫之有父母者，俾各告于君子而归宁焉。

父母健在的时候才能归宁，如果父母去世了，她只能委托丈夫手下的臣子代自己回到母国去探望兄弟姐妹；卿大夫的妻子不受这个限制，即便父母过世了，也可以回家归宁。周代是原初意义上的礼仪之邦，等级森严，以太姒的身份看，如果父母已经过世，自然不应该回家归宁。至于为什么会有这种制度，有人解释说天子诸侯位高权重，一旦有女子联合娘家势力擅权作乱，那就是不得了的事情，所以很有必要防患于未然。至于大夫以下，位置不高，权力不大，就算惹出什么麻烦也不会造成太大的祸患，所以规矩也就相对放松了许多。①

　　前辈专家们在这个问题上下了如此大的气力，作了如此多的说明。但是，当我们细读《葛覃》原文时，别说找不到周文王的任何痕迹，就连所谓后妃也找不到丝毫佐证。诗中不过是在说一个女子看到葛藤蔓延、听到黄鹂鸣叫而思念父母，想回家看看而已。于是，《葛覃》的主人公可能是任何身份的一位女子，也许是后妃，也许是士人的妻子，甚至也许是个女仆或者女奴。这一来，女子到底是谁，便取决于解诗者的时代与立场了。

　　古人相信她是后妃，因为儒家诗教需要为天下人树立榜

---

① 《毛诗正义》卷一：正义曰：此谓诸侯夫人及王后之法。《春秋》庄公二十七年，"杞伯姬来"，《左传》曰："凡诸侯之女归宁曰来。"是父母在，得归宁也。父母既没，则使卿宁于兄弟。襄公十二年《左传》曰："楚司马子庚聘于秦，为夫人宁，礼也。"是父母没，不得归宁也。《泉水》有义不得往，《载驰》许人不嘉，皆为此也。若卿大夫之妻，父母虽没，犹得归宁。《丧服传》曰："为昆弟之为父后者，何以亦期也？妇人虽在外，必有归宗。"言父母虽没，有时来归，故不降。为父后者，谓大夫以下也，故《郑志》答赵商曰："妇人有归宗，谓自其家之为宗者。大夫称家，言大夫如此耳。夫人、王后则不然也。天子诸侯位高，恐其专恣淫乱，故父母既没，禁其归宁。大夫以下，位卑畏威，故许之耳。"

样；今人相信她是女奴，因为要着重于诗歌的人民性。①但要实事求是地认真一番，事情还真的很难说。

从诗歌文本中基本可以确定的是：这是在写一位女子看到葛藤蔓延、听到黄鹂鸣叫而生起了探望父母之心，于是向一个叫做"师"的人请假，然后收拾衣服准备回家。那么，由此而来的第一个问题就是：葛覃和黄鸟都是起兴的手法，这个起兴到底有什么含义呢？

葛，是一种藤蔓植物，茎的纤维可以用来织布，《淮南子·原道》说"匈奴出秽裘，于越生葛絺"，看来是在吴越一带多产；覃，是蔓延的意思。"葛之覃兮，施于中谷，维叶萋萋"，是说葛的藤蔓在生长的过程中绵延到了山谷之中，叶子非常茂盛。这个起兴是什么意思，言人人殊。在早期《诗经》学的两大权威里，《毛诗》认为以葛起兴是取义于后文的"是刈是濩，为絺为绤"，是说采葛织布，这是女工当中很辛苦的劳作；郑玄则认为以葛起兴是取义于葛的自然状态，葛在山谷中蔓延暗示着女子在父母家中日渐长大，"维叶萋萋"是以葛的叶子的繁茂来比喻女子容颜的美丽。②

葛藤的蔓延还能让人产生更多的联想：生长于此处，蔓延至彼处，如同女子生长于父母之家，待长成之后嫁到夫家。③

---

① 参见周作人《谈〈谈谈《诗经》〉》，《古史辨》第三册，上海古籍出版社，1982年，第588页。高亨《诗经译注》，上海古籍出版社，1980年，第3页。
②《毛诗正义》卷一：葛所以为絺绤，女功之事烦辱者……笺云：葛者，妇人之所有事也，此因葛之性以兴焉。兴者，葛延蔓于谷中，喻女在父母之家，形体浸浸日长大也。叶萋萋然，喻其容色美盛。
③ [清]马瑞辰《毛诗传笺通释》，中华书局，1989年，第36页：诗以葛之生此而延彼，兴女之自母家而适夫家。王肃言"犹女之当外成"，是也。笺谓"喻女在父母家形体浸浸日长大"，失之。

及至"黄鸟于飞,集于灌木,其鸣喈喈",则是说女子长大成人之后,父母为她挑选夫家,好比鸟儿择木而栖。①

种种解释怎么看怎么都有道理,但究竟能否凿实,这就不大好说了。现在我们能够见到的最古老的解释是近年出土的上博简《诗论》,有人认为这是出自孔子之口的诗学教诲,故称之为《孔子诗论》。《诗论》阐述这个问题,说"夫葛之见歌也,则以絺绤之故也",意思是《葛覃》一诗之所以拿葛来开篇,是因为这种植物可以用来织布。具体说来就是:孔子以为《葛覃》反映了人性中的一个特点,即看见美的东西就会追溯其本源。葛被诗人歌咏,是因为它可以用来织布;后稷之所以尊贵,是因为他的后裔周文王、周武王把周族发扬光大

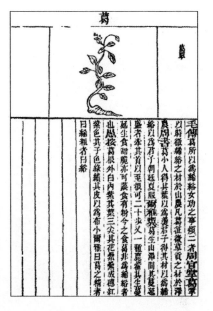

葛。[清]徐鼎《毛诗名物图说》卷五,乾隆三十六年刻本。《周礼》专门还有一个叫做"掌葛"的官职,负责按时向山农征收葛藤之类的东西作为国家税收。《周书》说同样对葛这个东西,劳动人民摘它的叶子来做菜,贵族则用它的茎来织布作夏装。这就可以作出一些推论和引申:一是葛在先秦时代是被穷人当野菜吃的,二是升华成人生哲理——清代有本《浮邱子》就是这么讲的。《尔雅》赞叹过葛藤的蔓延能力,说葛藤最长的可达二十步。

---

① [清]马瑞辰《毛诗传笺通释》,中华书局,1989年,第37页:女之父母为女择夫而嫁,犹鸟之择木而栖,故诗以黄鸟之集灌木为喻。

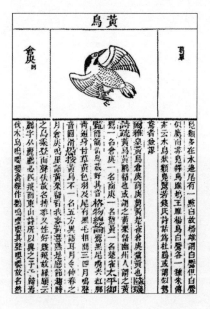

黄鸟。[清]徐鼎《毛诗名物图说》卷一,乾隆三十六年刻本。《豳风·七月》有"春日载阳,有鸣仓庚",这里的仓庚和《葛覃》的黄鸟是同一种鸟,大多生活在水边,尾巴上有一点白。一说就是黄鹂,"两个黄鹂鸣翠柳"说的就是它们。

并不断颂扬自己的祖先。①

这又是一个完全不同的解释。如果我们考虑到在迄今的所有相关文献中,《诗论》距离《诗经》的年代最近,并且很有可能是孔子的教诲。从《诗论》所阐释的《葛覃》主旨来看,葛这种植物可以用来织布,织出来的布可以做成衣服,这就是第二节里说的"是刈是濩,为絺为绤",诗中主人公对身上穿的衣服饱含喜爱之情,由此想到了衣服的原材料,这就是《诗论》所谓"看见美的东西就会追溯其本源"。

在周人那里,追溯本源是一个很重要的思想。曾子讲"慎终追远",宗法社会尤其重视对祖先的祭祀与家火的传承,②《诗论》所讲的周文

---

① 见《诗论》第 16 简和第 24 简:"吾以《葛覃》得氏初之诗,民性固然。见其美必欲反一本(以上为第 16 简)。夫葛之见歌也,则以絺绤之故也。后稷之见贵也,则以文武之德也(以上为第 24 简)。"简文释读仍有争议,第 24 简是否当系于第 16 简之后,这里取李学勤、廖名春等人的意见。

② 参见熊逸《春秋大义·隐公元年》,广西师范大学出版社,2009 年 1 月,第 390-396 页。

王和周武王对周族祖先后稷的态度就是一个典型的例子。

　　古人的加工技术远不如现在发达,对人工成品的珍视程度自然也远较今人为多。而且当时很多物品都是自己生产、自己使用的,并不像现在主要靠买,古人对物品的原材料与加工工艺自然也熟稔得很。身上的衣服是从何而来的,《葛覃》的作者显然要比我们现代人清楚。诗的第二节"葛之覃兮,施于中谷,维叶莫莫。是刈是濩,为絺为绤,服之无斁"(长长的葛藤呀,蔓延在山谷,叶子多么茂密。把它割来把它煮,织成细布和粗布,努力织布不厌倦),分明讲述了古代衣服的制作过程。——现在我们对"布"的概念主要是棉布,是从棉花纺织而成的;而追溯到古代,植棉业直到宋代才开始发展起来,棉布衣服的流行要到元代才有。在此之前,棉花罕见而珍贵,海南黎族甚至把棉布当做贡品献给汉武帝。[①]在棉花大行其道之前,中国最主要的纺织原料是葛、麻和丝,那时候人们说的"布"主要就是指葛织品。葛是在山里野生的,此即"葛之覃兮,施于中谷,维叶莫莫",要把它割下来用水煮才能织成布,此即"是刈是濩,为絺为绤"。

　　精加工的葛布为絺,粗加工的葛布为绤,因为吸汗透气,很适合夏天贴身来穿,类似于我们现在的纯棉内衣。孔子就是这么穿的——《论语·先进》有"当暑,袗絺绤,必表而出之",这就是说孔子一到夏天就穿上絺和绤的衣服,但这是内衣,不能穿出去见人,所以外出时还得再罩一件单衣。《诗经·邶风·绿衣》还有"絺兮绤兮,凄其以风",这是说絺和绤的衣

---

① 参见于绍杰《中国植棉史考证》,《中国农史》,1993 年第 12 卷第 2 期。

服都很单薄，天冷之后就没法御寒了。

《礼记》记载不同等级的人有不同的吃瓜的方法——这在现代人看来实在匪夷所思，殊不知所谓"礼仪之邦"，所谓礼制、礼学，充满了这一类复杂的等级仪式，要学明白确实不是一件容易事——如果是为天子切瓜，要切成

绤幂。　吴之英《寿栎庐仪礼奭固礼器图》卷二，民国九年吴氏刻寿栎庐丛书本。　所谓"幂"，就是用纺织品的巾帕覆盖器皿，"绤幂"顾名思义是绤质的巾帕。　古人在酒器和食器上会以巾帕覆盖，器皿的规格很讲究，巾帕的规格也很讲究。《周礼》设定了"幂人"这个职务，专门掌管各种巾帕。　在祭祀天地时，要以粗布巾覆盖八尊，以有花纹的布巾覆盖六彝，　为天子覆盖饮食的巾帕都要带有一种黑白相间的特定花纹，称为黼。

编者按：本章提到瓜类，可以稍稍延伸一下，瓜的一些来历。其实有关瓜的历史也是说法纷纭，那么比较广泛的认知是，在秦代以前，人们大概率食用的是甜瓜，味美者尤属薄皮甜瓜。甜瓜，是中国的本土物种，溯源其食用和培育历史，非常悠久。在浙江省湖州市的钱山漾遗址（该遗址距今约4400-4200年），就有出土的甜瓜种子两枚，历经千载时光。

浙江的余姚田螺山遗址、位于象山的姚家山遗址以及余杭卞家山遗址、湖州塔地遗址，均出土了不少甜瓜种子。朝代再往后延展，至西汉，马王堆汉墓、著名的海昏侯墓，还有其他的一些汉墓，都出土了非常多的甜瓜种子。西汉后期著作《氾胜之书》有解说种瓜法，按照后来《齐民要术》对该书的解读，也是甜瓜专属，可见其种植水准稳步走高，为时人最易得到的食用瓜类。至于西瓜，则要年代更靠后才会出现，其说法较多，但多缺少文物佐证。

四瓣，再分别从中间横断一刀，用絺质的巾帕覆盖着送上；如果是为诸侯国的国君切瓜，要把瓜切成两半，再分别横断一刀，用绤质的巾帕覆盖着送上。絺和绤所表达的不同等级由此可见。至于大夫、士和庶人吃瓜，切完之后是什么也不盖的，仪式上一个比一个不讲究。如果违反这些规定，就是僭礼，正人君子们是会不高兴的。[①]

这一节里最难解的是最后一句"服之无斁"。"斁"是"厌恶"的意思，这一点上没有什么分歧，但那个普普通通的"服"字却衍生出至少两种解释：一是训"服"为"穿衣服"，"服之无斁"是说葛布制成的衣服穿上去很舒适；二是训"服"为"整治"，"服之无斁"就是说女子出嫁之前学习织布，虽然这是一个烦闷无趣的差使，但女子毫无厌倦，

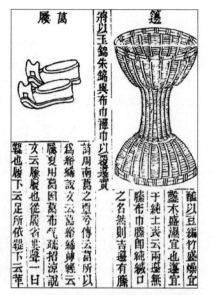

葛屦。吴之英《寿栎庐仪礼奭固礼器图》卷二。葛布也可以用来做鞋，因为透气性好，所以葛屦常在夏天穿，算是古人的凉鞋了。葛布的这种特性有一个对联说得很好："葛布糊窗，个个孔明诸葛亮"，这是上联，至今仍是孤对。

①《礼记·曲礼》：为天子削瓜者，副之，巾以絺。为国君者，华之，巾以绤。为大夫，累之，士疐之，庶人龁之。

可见其性情贞静。①

时下注本多取第一种解释,古人多取第二种解释。在字面上似乎都可以自成一说,但多读几次就会发现后者显然于文义更为流畅。与其说衣服穿不厌,不如说伐葛织布织不厌。而今人注本大多认为《葛覃》的主人公是为贵族伐葛织布的女奴,在这个认识基础上释"服之无斁"为"衣服穿不厌"尤其不如古注通顺。

但古人也有古人的麻烦:既然说了《葛覃》的主旨是"后妃之本",或至少主人公也是后妃,可伐葛织布这种事又不像是有身份的女子应该做的。这是一个明显的矛盾,需要经师们巧妙地弥合。

一种经典的弥合论调是:在女子没出嫁之前,并不知道自己将来一定就做王妃,只嫁个卿大夫也说不定,所以织布这种功课还是必须的。②事情的另一面是:周代的宗法结构之下,家与国常是一体的,从国君到平民基本都是沾亲带故的关系,国家领袖会组织大规模的农业生产,带着妻子亲自去田间给大家送饭,③所谓后妃也会从事蚕桑等等女工,至少也

① 《毛诗正义》卷一:笺云:服,整也。女在父母之家,未知将所适,故习之以絺绤烦辱之事,乃能整治之无厌倦,是其性贞专。……正义曰:言葛之渐延蔓兮,所移在于谷中,生长不已,其叶则莫莫然成就。葛既成就,已可采用,故后妃于是刈取之,于是濩煮之。煮治已讫,后妃乃缉绩之,为絺为绤。言后妃整治此葛以为絺绤之时,志无厌倦,是后妃之性贞专也。

② 《毛诗正义》卷一:传引此者,以王后、庶人之妻皆有所作,后妃在父母之家,未知将所适,虽葛之烦辱亦治之也。……笺"服整"至"贞专"。正义曰:"服,整",《释言》文也。以女在父母之家,未知将何所适,不知为作王后,为作士妻,故习之以絺绤,劳辱之事尚能整治之无厌倦,是其性贞专。

③ 《诗经·小雅·甫田》:曾孙来止,以其妇子。馌彼南亩,田畯至喜。攘其左右,尝其旨否。禾易长亩,终善且有。曾孙不怒,农夫克敏。

要在仪式上表现一下。①这样的社会更像是一个古典风格的农村合作社，阶级压迫还没有形成气候。至此，我们虽然依旧无法确定《葛覃》的主人公就是某位后妃，但已经可以排除一些错误的解释，诸如：因为后妃不可能参加劳作，所以诗中主人公一定是女奴或女工。

《葛覃》最费解的要算第三节："言告师氏，言告言归。薄污我私，薄浣我衣。害浣害否，归宁父母。"女主角向"师氏"打招呼，说自己准备"归"，这到底是什么意思呢？

"归"字大有歧义，女子出嫁称归，但联系后文的"归宁父母"，"归宁"似乎是说已经出嫁的女子回娘家省亲，至少后人对"归宁"一词就是在这个意义上来用的，那么，前文的"归"是否就是后文"归宁"的省称呢？

要搞清楚这个问题，需要先弄明白"师氏"到底是个什么角色。专家们众说纷纭，当今的《诗经》注本各执一词，而在许多古人的眼里，《葛覃》的主人公既是后妃，所谓师氏自当就是这位后妃的随嫁女子，年纪较长，岗位职责近似于保姆和管家。但这就会和后文产生矛盾：如果师氏只不过是个随嫁之女，那么女主角想要探望父母，有必要先要征求师氏的同意吗？

这个矛盾该怎样弥合呢？从诗歌大意来看，师氏似乎是女主角的教育者或者管理者，是有一定威望的，女主角想去看望父母首先就要征得她的同意。即便征求同意仅仅是象

①《吕氏春秋·孟夏纪第四·孟夏》：蚕事既毕，后妃献茧。《吕氏春秋·士容论第六·上农》：后妃率九嫔蚕于郊，桑于公田。是以春秋冬夏皆有麻枲丝茧之功，以力妇教也。是故丈夫不织而衣，妇人不耕而食，男女贸功以长生，此圣人之制也。

征性的，师氏也不可能是一个毫无地位的下人。那么，在先秦时代，女子有没有老师呢？如果有，老师又是怎样的一个角色呢？

有些现代注本把《葛覃》的女主角认做手工业作坊中的女奴，于是师氏自然就是作坊中的工头。①这似乎也能言之成理，不过不止女奴有工头，贵族女子也是有老师的。

从《礼记》来看，女孩子十岁以后就不可以随便出门了，由"姆"来塑造她温柔顺从的禀性，教她养蚕、织布这类女工，还有祭祀典礼上的一些必要程序，待十五岁时许嫁而行笄礼（这就是古代的成人礼，标志着女孩子从此变成女人了），二十岁时正式嫁人。期间如果父母亡故，就要把嫁人的时间推迟到二十三岁。②

《礼记》的说法向来有些理想化、整齐化的倾向，所谓女子二十岁时正式嫁人，考之先秦文献，似乎并不那么可靠，真正通行的出嫁年龄应该在十五岁左右。③那么，在女孩子十岁到十五之间，一直都要在闺阁之内接受这个"姆"的教育，就好比男孩子去学堂一样。这样看来，所谓师氏，也许就是《礼记》所谓的"姆"。但这一来，新的矛盾又出现了："姆"只是在

① 杨合鸣《诗经疑难词语辨析》，湖北辞书出版社，2002年，第5页。

② 《礼记·内则》：女子十年不出，姆教婉娩听从，执麻枲，治丝茧，织纴组纂，学女事，以共衣服。观于祭祀，纳酒、浆、笾、豆、菹、醢，礼相助奠。十有五年而笄，二十而嫁，有故，二十三年而嫁。

③ 《穀梁传》和《尚书大传》都说"男三十而娶，女二十而嫁"，但这个说法很是可疑，蜀汉谯周以为这是说年龄上限，见谯周《五经然否论》，《汉魏遗书钞》。另外我们可以向后看看汉朝的例子，据彭卫统计，汉代男子的初婚年龄多在十四至十八岁之间，女子多在十五岁左右。见彭卫：《汉代婚姻形态》，三秦出版社，1988年。

女孩子自家的闺阁里搞教育，并没有带她离开父母之家，"归宁父母"又该从何说起呢？

答案也许是这样的：女孩子的老师不止一位。"姆"负责的只是初等教育，等女孩子完成了初等教育、行过笄礼而升格为女人并且许嫁之后，还要走出闺房进行深造，完成必要的高等教育。《仪礼·士昏礼》记载着这样的教育规定：女子在及笄之后，许了人家，就要走出家门，到一个庄严场所接受再教育。场地有两种选择：如果女子和国君属于五服以内的亲属，就去祖庙听讲，为期三个月；如果女子和国君的关系已经出了五服，属于小宗，就去族中属于大宗的卿大夫之家听讲。①

这个规矩现代人很难理解，因为社会结构的古今差异实在太大了。周代是宗法社会，实行的是传统意义上的封建制度，维系社会的核心纽带并不是君臣关系，而是血缘关系。宗法系统是周代社会的基本结构，周人之所以重视孝道、重视五服这种亲属关系的序列，是因为在宗法结构下，这都是关乎政治稳定的大事。

贵族间的婚姻更属政治范畴。及笄许嫁之后的女子要去祖庙或大宗之家接受为期三个月的高等教育，之所以搞得如此隆重，是因为婚姻在古人的眼里首先是"结两姓之好"，而当时所谓的一姓基本就是一个族群，所以"结两姓之好"也就等于结两大族群之好，政治意义十分重大。②《礼记》也有类似

---

① 《仪礼·士昏礼》：女子许嫁，笄而醴之称字。祖庙未毁，教于公宫三月；若祖庙已毁，则教于宗室。

② 《礼记·昏义》：昏礼者，将合二姓之好，上以事宗庙，而下以继后世也，故君子重之。是以昏礼，纳采、问名、纳吉、纳征、请期，皆主人筵几于庙，而拜迎于门外，入，揖让而升，听命于庙，所以敬慎、重正昏礼也。

的记载，说这三个月高等教育的内容是妇德、妇言、妇容、妇功四个学科，也就是德行、言语、仪表、活计。教学完成之后，还要举行毕业典礼：向祖先郑重报告，这就算拿到学位了。[①]

女子在闺阁接受"姆"的教育，内容是"女事"，应该是偏重于女工，学习怎么劳作；而高等教育偏重于礼仪和德行，这就不是身份低下的"姆"所能教的了，所以老师应该就是同宗当中德高望重的贵族女子，这才是师氏所应有的身份。

这样一来，《葛覃》女主角为了回家看望父母而向师氏告假也就顺理成章了。她应该已经及笄许嫁，正在祖庙或者大宗某个亲戚的家里向师氏学习结婚之前必修的功课，在课业之间或毕业之时向师氏请辞，满心喜悦地要回到父母之家。自然，这位女主角也就不是一位已经嫁了人的女子要向某人辞行而回娘家省亲了。

疑云并没有完全消散。《葛覃》第三节出现过两个"归"字：一是"言告言归"，二是"归宁父母"。一般注本都说这是已经出嫁的女子在婆家要回娘家省亲，因为"归"字虽然有"出嫁"、"返回"等多种意思，但"归宁"向来是被用做已嫁女子回娘家省亲的。这就和前边的解释发生矛盾了：《葛覃》的女主角到底是已嫁女子还是未嫁女子呢？

通观全诗，前两节说的都是女子在父母家中待嫁之时，为什么到了第三节突然有了如此大的跨度，少女已经嫁人，地点也换到了婆家？这个结构上的矛盾显然是不合理的，古

---

① 《礼记·昏义》：是以古者，妇人先嫁三月，祖庙未毁，教于公宫；祖庙既毁，教于宗室。教以妇德、妇言、妇容、妇功。教成祭之，牲用鱼，笔之以蘋藻，所以成妇顺也。

人曲为弥合,费过不少脑筋,今人干脆有说第三节是错简的:前两节全在描写少女娴习女工或怀春之情,和第三节"告假、洗衣、回家"的内容毫不相干。①即便从形式上看,前两节都是三句一组,第三节却变成了两句一组。

即便错简之说不能确证,但从中可以看出《葛覃》前两节与第三节在内容上的矛盾是如此的难于化解,以至于需要用错简这一说法强行把第三节剥离出去。换个角度来看,这一矛盾的产生是因为第三节里的一个词太被人们习以为常,以至于没想到对它去作一番必要的考证。这个词,就是"归宁"。

现代汉语工具书里都会把"归宁"释为女子回娘家省亲,例句一般也都是《葛覃》中的"归宁父母"。清代经学家陈奂和马瑞辰给"归宁"提出了一种新的解释:这不是一个双音节词(先秦时代很少有双音节词),而是"归"加"宁",是两个词,"归"指出嫁,"宁"指安心,"归宁父母"是说女子出嫁以让父母安心。从《左传》到《毛诗》,后人对"归宁"的意思多有误解,直到今天主要的工具书里仍然沿袭着错误的训释。②

但是,陈奂和马瑞辰的解释仍不一定就是正解,因为这里的"归"解释为回家也可以使上下文语意贯通,即女子在出嫁之前向师氏告假回家探望父母以使父母安心。《仪礼》就有这样的用法,是说诸侯朝觐天子,把自己的功与过都向天子汇报一番,当然这主要都是场面上的话,而天子也会客套地说"伯父无事,归宁乃邦",意思是"伯父您没有什么过错,请

① 倪祥保:《〈葛覃〉辨妄》,《齐鲁学刊》1986 年第 4 期。
② 详见杨连民、马晓雪《"归宁父母"与"归宁"制度考略》,《聊城大学学报》(社会科学版),2003 年第 6 期。

回去安定你的国家吧"。①在这句话里,"归宁"实际上就是"归"和"宁"两个单音节词,意思是"返回"和"安定"。

再者,"归宁"如果用做女子回娘家省亲的意思,后边是不跟宾语的,"归宁父母"更讲不通,因为省亲的目标自然就是父母。而在"归宁乃邦"这句话里,"归宁"后边跟了宾语"乃邦",语法结构和"归宁父母"是一样的。既然"归宁乃邦"明显是让诸侯回去安定自己国家的意思,"归宁父母"解释为"女子回父母之家安定父母之心"自是顺理成章的,比"女子出嫁以让父母安心"的说法更加合情合理,这应该是最牢靠的一种解释了。

【字义】

[1]覃(qín):这个字《毛诗》训之为"延",高亨训之为"蔓",其实没多大区别,都是说葛藤蔓延。但也有不同意见,清代经学大师俞樾认为"覃"的正确解释应该是"阔",因为如果把这个字释为"蔓延",和下一句"施于中谷"的"施"字意思就重复了,等于在说"葛之覃兮,覃于中谷";而在《邶风·旄丘》里有一句"旄丘之葛兮,何诞之节兮",《毛诗》训"诞"为"阔",郑玄也说"土气缓则葛生阔节",再从字音相转的角度来看,《葛覃》里的"覃"字应该和《旄丘》里的"诞"字是一回事,"葛之覃兮"就是"葛之诞兮"。②

---

① 《仪礼·觐礼》:事毕,乃右肉袒于庙门之东,乃入门右,北面立,告听事。摈者谒诸天子。天子辞于侯氏曰:"伯父无事,归宁乃邦。"侯氏再拜稽首,出。

② [清]俞樾《茶香室经说》卷二。

[2]施(yì)：这里也是延长、蔓延的意思。《毛诗》训之为"移"，这很容易让人理解为"移动"之"移"，清代学者陈沣从《说文》里寻找佐证，点明"移"是"禾相倚移"之"移"，而"施"是"旖施"之"施"，都是形容柔曲的样子。[①]马瑞辰以为"施"是"延"的假借，这在《诗经》其他篇章里就有佐证，即《旱麓》的"施于条枚"一句在被《吕氏春秋》《韩诗外传》和《新序》引用的时候都作"延于条枚"。

[3]中谷：本身意思很简单，即"谷中"，但为什么要说成"中谷"，却是要费一番解释的。这种句式在先秦比较常见，比如《孟子》里齐王说过"我欲中国而授孟子室"，话中出现了"中国"这个词，意思是"国中"，也就是"国都之中"。齐王要在国都的中央给孟子"室"。简单起见，对"室"我们就不去考辨了，暂且简单当它是房子好了。那么，齐王的意思就是要在齐国首都临淄给孟子安排一套房子。所以对这种句式，一般解释为倒装，"中国"就是"国中"，"中谷"就是"谷中"，但若本着奥卡姆剃刀的原则，不考虑倒装之类的说法，直接把"中"字忽略不计也不会影响语义。比如"施于中谷"我们就可以理解为"施于谷"。——清代经学家马瑞辰就是这么解释的，还感慨着"后人失其义久矣"。[②]

[4]维叶萋萋；维叶莫莫："维"是发语词，"萋萋"《毛诗》释为"茂盛貌"，"莫莫"《毛诗》释为"成就貌"。及至清代，高邮王氏父子认为"萋萋"和"莫莫"其实都是茂盛的意思，所谓"成就貌"并不存在。[③]那么，《毛诗》的错误是怎么来的呢？扬

---

① [清]陈沣《东塾读书记》卷六。

② [清]马瑞辰《毛诗传笺通释》，中华书局，1989年，第36页。

③ [清]王引之《经义述闻》，江苏古籍出版社，2000年，第118页。

州学派的朱彬给过一个推理：《毛诗》是因为《葛覃》下文有"为絺为绤"，葛藤开始被用来织布了，这才望文生义地解出了一个"成就貌"来。①

[5]黄鸟于飞："于"为音节助词，直接忽略即可，"黄鸟于飞"就是"黄鸟飞"。也有训"于"为"在"、"往"、"正在"的，都不准确。"于"、"曰"、"聿"为一声之转，详见王引之《经传释词》、杨树达《词诠》。

[6]刈(yì)：割。濩(huò)：煮。

[7]絺(chī)：细葛布。绤(xì)：粗葛布。"是刈是濩，为絺为绤"，这是在说葛布的制作过程：先把葛藤割下来煮，取其纤维来织布。

[8]斁(yì)：厌倦。所谓"服之无斁"，到底是说衣服穿起来不厌倦，还是说伐葛织布不厌倦？当取后者义。

[9]言告师氏，言告言归："言"到底是什么意思，主要有三种说法：一是训"言"为"我"，"言告师氏"就是"我告师氏"；二是"言"字用在两个动词之间，等于"而"，比如《泉水》"驾言出游"即"驾而出游"；三是用在动词之前，等于"乃"，于是"言告师氏，言告言归"即"乃告师氏，乃告乃归"。

[10]薄污我私，薄浣我衣："薄"是语助词，常被解释为有催促、赶快的意思，但证据不足。"污"比较难解，《毛诗》训"污"为"烦"，郑玄说是"烦撋"，也就是反复用手揉搓。"私"是休闲装或亵衣，是贴身的衣服。所以"薄污我私"就是说赶紧搓洗这些衣服。但是，从毛公到郑玄，解释得似乎太过曲折了。清代陈鳣多方考证以凿实郑玄之说，结果越发的曲折了。②

———————————

① [清]朱彬《经传考证》卷四。
② [清]陈鳣《简庄疏记》卷三。

王安石有过一个简捷的解释，常被引用，是说"污"的意思就是"去污"，如同治乱谓之"乱"，①这在古文里是比较常见的，一般称之为反训。尽管王安石用"治乱谓之'乱'"来作例子未必恰当，因为这个"乱"很可能是"司"字之误，因此本来就有"治"的意思，②但释"污"为"去污"倒也合情合理。朱熹的《诗集传》兼采郑玄和王安石两家之言，说"污"就是"烦撋之以去其污"。③

　　"私"和"衣"，一般认为一是内衣、一是正装，经学家们从这个细节上生发出过很深刻的解释，但从诗歌语言来讲，这句话不过是说洗衣服，之所以有"私"和"衣"的区别，只不过是对文见义，为了避免用词重复而已，汉代《韩诗》的解释是最为精当的。④也有一些较为奇特的解释，比如高亨认为"私"可能是"葰"的借字，即白茅的穗，古人用它来洗衣服，如同今天的肥皂。⑤

　　[11]害浣害否："害"与"曷"双声，古人常借"害"为"曷"，意思是"何"。所谓"害浣害否"，是说《葛覃》女主角整理自己的衣服，考虑着哪些要洗、哪些不洗。

① [宋]王安石/著，邱汉生/辑校《诗义钩沉》，中华书局，1982年，第12页。另见[清]张尔岐《蒿庵闲话》，粤雅堂丛书本，卷二：经传用字，有以相反为义者：如治乱曰乱，去污曰污，辟荒曰荒……按字义相反相成之说，发于晋之郭璞。《尔雅释诂》："徂，在，存也。"《方言》卷二："逞，苦，了，快也。"郭注皆已指出义有反覆旁通，美恶不嫌同名之理。发凡之辞，虽甚简约，不啻为训诂学揭示一大例矣。

② 杨宽：《西周史》，上海人民出版社，2003年，第85页。

③ [宋]朱熹《诗集传》，《朱子全书》第1册，上海古籍出版社，安徽教育出版社，2002年，第404页。

④ [清]王先谦《诗三家义集疏》，中华书局，1987年，第22页。

⑤ 高亨《诗经今注》，上海古籍出版社，1980年，第4页。

葛覃

【杂识】

诗经讲评之风人深致

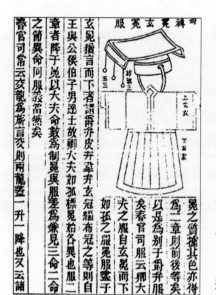

上衣下裳。吴之英《寿栎庐仪礼奭固礼器图》卷十。这是上衣下裳的打扮，头上戴的是冕。

[1]周代的休闲装

《葛覃》"薄污我私，薄浣我衣"，许多注本都把"私"解释为"内衣"，其实这个说法并不准确。首先从诗歌的语言结构来说，"薄污我私"和"薄浣我衣"应当属于对文见义，"污"和"浣"可以互换，"私"和"衣"也可以互换，八个字无非在说洗衣服；再者，从字面来讲，《毛诗》释"私"为"燕服"，其后又有一番解释，说女子有华贵的正装用于若干正式场合，除此之外的衣服都属于"私"。①

所谓燕服，大略相当于今天的休闲装，并不一定就是内衣，比如夹克、牛仔裤，放在古代就属于燕服。②但燕服也不是可以随便穿的，有

①《毛诗正义》卷一：私，燕服也。妇人有副袆盛饰，以朝事舅姑，接见于宗庙，进见于君子。其余则私也。

②"燕"的意思，如《论语·述而》"子之燕居，申申如也，夭夭如也"，是说孔子下班之后在家闲居的样子。

些燕服属于穿在礼服之内的里衣，外边罩上礼服之后，这些燕服的衣领就会露出来，与礼服相配，所以也有特定的规矩。这大约相当于现在西服里边的衬衫，虽然只能露出浅浅的一圈领边和两圈袖边，但那也是非常讲究的。

这类燕服只有贵族才穿，还有一类贴身的燕服是贵族和平民都穿的，但贵族从来只把它们当内衣穿，外边必须罩上其他衣服，平民却常常直接穿着它们出门干活，这在贵族看起来就属于内衣外穿了。

《诗经》当中出现过的女子燕服有锦衣、襊衣和绤袡。"硕人其颀，衣锦襊衣"（《卫风·硕人》），是说出嫁的贵族女子里边穿着锦衣，外边罩着襊衣。锦衣是女子的嫁衣，华丽得很，所以在去新郎家的路上要在锦衣之上罩上襊衣，一来为了遮尘蔽土，二来为了不使锦衣的华丽花纹太

深衣。[清]黄宗羲《深衣考》，《丛书集成新编》第 48 册，台湾新文丰出版公司，1989 年。

过显露，这个裻衣就是用葛布织就的。

"蒙彼绉絺，是绁袢也"(《鄘风·君子偕老》)，所谓"绁袢"，"绁"是"亵"的假借字，"绁袢"即"亵衣"，是女子的贴身内衣，质地就是絺，即细葛布。

[2]深衣与礼服

中国号称"礼仪之邦"，源头就是周代的礼制社会，穿衣服的学问是礼制中的一项大学问。现在常有人呼吁恢复华夏衣冠，要稽考古制设计深衣来做汉族礼服，而在周代，被后世学者们悉心考证的深衣其实是不能用做礼服的。

周代礼服的一个大标准是上衣下裳，也有一种衣服是上衣和下裳连在一起的，有点连衣裙的意思，裁剪方法是先分别做出上衣和下裳来，再把这二者缝合起来，这种款式就是深衣，燕服用的多是深衣款式。

卷耳

采采卷耳，不盈顷筐。嗟我怀人，置彼周行。

陟彼崔嵬，我马虺隤。我姑酌彼金罍，维以不永怀。

陟彼高冈，我马玄黄。我姑酌彼兕觥，维以不永伤。

陟彼砠矣，我马瘏矣，我仆痡矣，云何吁矣。

【大意】

　　茂盛而鲜艳的卷耳菜呀，装不满一个浅筐。可叹我这个伤心人啊，放着平坦的大道不走。

　　登上高高的山岭，我的马儿腿脚发软。我且把金壶斟酒，让自己忘记忧伤。

　　登上高高的山坡，我的马儿浑身是汗。我且把角杯斟满，让自己忘记忧伤。

　　登上高高的石山，我的马儿快累倒了。我的仆人也累垮了，这忧伤却仍未消散。

【考释】

　　《卷耳》是《诗经》名篇中的名篇，郭沫若就曾把自己的

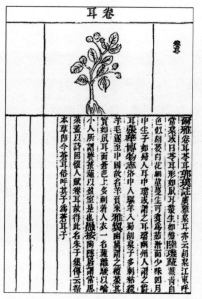

卷耳。[清]徐鼎《毛诗名物图说》,乾隆三十六年刻本。徐鼎是把卷耳当作苍耳了,所以画错了,不过这是长久以来人们对卷耳的认识。

①《论语·阳货》。

诗经讲评之风人深致

《诗经》译本命名为《卷耳集》,但《卷耳》这首诗到底是什么意思,和《诗经》里的许多篇章一样,也是很难说清的。现在的《诗经》注本一般把它当做思妇怀人之作,但真实情况远远复杂得多。

首先诗题就很难解。"卷耳"到底是个什么东西呢?孔子当初劝人多读《诗经》,说有种种好处,其中之一就是"多识于鸟兽草木之名",①这也确实是《诗经》的一个特点。但是,这些"鸟兽草木之名"并不是那么好识别的。

现在的注本一般把卷耳注为"苍耳",或者泛泛而称"野菜名",这个解释是从宋人而来的,但苍耳并不是野菜,人吃了是要中毒的。所谓卷耳,应该就是山西民间所称的地蔓,形似木耳、略小。既可以趁鲜吃,也可以晒干之后存着,吃的时候泡一下,会像木耳一样一泡就舒展开来。地蔓是一簇一簇地生长的,一抓一大把,很容易就能采满一个浅筐。于是,这位诗中女子"采采卷耳,不盈顷筐",连一个浅筐都采不满,肯定是别有心事、无心采摘。①

"采采卷耳",这是在说采摘的动作吗?古今注本一般都作这种解释,把"采采"释为"采了又采",但这是一个望文生义的误解。《诗经》里边同样出现"采采"一词的,还有"采采芣苢,薄言采之"(《芣苢》),"蜉蝣之翼,采采衣服"(《蜉蝣》),"蒹葭采采,白露未已"(《蒹葭》),这些"采采"都不是动词叠用,而是重言词,甚至《诗经》通篇都不存在动词叠用的语言形式。"采采"只能是重言词,形容卷耳的茂盛。所以,"采采卷耳"并不是"把卷耳采了又采"。②

古代学者已有议论及此,戴震就释"采采"为"多貌",③现代学者中大概是闻一多率先指出过这个问题,证据有:"《小雅·大东篇》'粲粲衣服',《文选》注引《韩诗》作'采采衣服'。'采采','粲粲'是同纽相转的叠字,'粲粲'又变为'璀璨'、'翠粲'等双声连绵词,都是颜色鲜明之貌。"④这样的用法在后世依然可见,比如陶渊明《荣木》诗有"采采荣木,结根于兹"(逯钦立注"采采"为"繁盛貌")。⑤

---

① 黄冬珍《"卷耳"名物考辨》,《太原师范学院学报》(社会科学版),2005 年 12 月。

② 参见彭秀模《〈诗〉"采采卷耳"新解——兼论〈诗〉无动词重叠式》,《吉首大学学报》,1980 年第 1 期。杨合鸣《诗经疑难词语辨析》,湖北辞书出版社,2002 年,第 6 页。

③ [清]戴震《杲溪诗经补注》卷一。

④ 闻一多《匡斋尺牍》,《闻一多全集》,湖北人民出版社,1993 年,第 3 册,第 203 页。

⑤ 《陶渊明集》,中华书局,1979 年,第 15—16 页。

"嗟我怀人"，这句话也很费解。表面上看，这似乎是在说诗人怀念远人、感叹伤悲，但对照《诗经》里同类结构的句子，如《七月》里的"嗟我妇子"、"嗟我农夫"，《沔水》的"嗟我兄弟"。"嗟我……"的意思显然是"可叹我这个……人呀"，所以按照这个语法程式，"嗟我怀人"也就是"可叹我这个'怀人'呀"。——这个"怀"字并不是释为"思念"的动词，而是像《终风》"愿言则怀"的"怀"字那样，是"伤心"的意思。《卷耳》第二、第三节里的"维以不永怀"与"维以不永伤"对举，很明确地说明了"怀"字的这一涵义。

这样一来，"嗟我怀人"的意思渐渐明朗了，并不是"可叹我思念着的远人啊"，而是"可叹我这个伤心人啊"。

"置彼周行"，前人多把《卷耳》的主旨释为妻子思念征夫，所以对"置彼周行"分别有两种主要的解释：一是说把采卷耳的筐子放在路边，表示的是这位妻子因为满心思念而无心继续挖野菜了；一是说"置彼周行"的是远在他乡的丈夫，他正在军队里服役（"周行"被释为周人的军队），或者他正行军在大道上（"周行"被释为大道），还有如《淮南子·俶真》说第一节这几句诗是在追慕上古时代的合乎大道的好世道。

"周行"显然应该释为大道，《鹿鸣》有"人之好我，示我周行"，《大东》有"佻佻公子，行彼周行"，都是大道的意思。周代的道路建设已经有相当高的水平了，《大东》还有所谓"周道如砥，其直如矢"，形容周代的国道又直又平。《周礼·考工记·匠人》载周代道路有"经涂九轨，环涂七轨，野涂五轨"，周代时人们已经很重视对道路的营建了，在主干道上甚至还架有梁柱桥。[1]周公当初营建成周（洛邑），"自从成周建成以后，西

---

[1] 周成：《中国古代交通图典》，中国世界语出版社，1995年，第2页。

都宗周的京畿和东都成周的京畿就沟通连结起来，有所谓"邦畿千里"之说，成为周朝中央政权相互连结的两个统治中心"。①周朝的交通干线从周原经丰镐至洛邑，由洛邑向东还在继续延伸，直达齐、鲁两国。②考古发现很支持这些记载，发现了宽达十到十五米的周代道路。③

"置"通常被释为"放置"，"彼"有人说指代采卷耳的那个筐子，所以"置彼周行"就是因无心采摘而把筐子放在路边，也有人说"彼周行"就是"那条大路"，"置彼周行"就是征夫被弃置在那条大路上，引申为征夫久在军旅、迟迟不归。但这些解释既难合于文法，也难合于上下文。

这里的"置"，我以为应该是"废弃"的意思。《晏子春秋》"置大立少，乱之本也"，是说一国之中废弃嫡长子而立少子为君，这会在将来引发动乱；《国语》也有"以小怨置大德"，是说因为一点小小的怨愤就弃大德于不顾。"置彼周行"也是同样的用法，是说弃置了(离开了)平坦的大道，下文由此意承接，才有一连串的辛苦登山的描写。

于是，"采采卷耳，不盈顷筐。嗟我怀人，置彼周行"这四句的意思就是"茂盛而鲜艳的卷耳菜呀，装不满一个浅筐。可叹我这个伤心人啊，放着平坦的大道不走"。

放着平坦的大道不走，偏偏去走崎岖的山路。接下来的三节全是在写登山，山越登越陡，人和马也越来越累。但矛盾又出现了：如果诗中的女主角是个采野菜的女子，手脚并用

---

① 杨宽:《西周史》,上海人民出版社,2003 年,第 182 页。
② 白寿彝《中国通史》,上海人民出版社,2004 年,第 3 卷上册,第 709-710 页。
③ 扬之水《诗经名物新证》,北京古籍出版社,2000 年,第 377 页。

卷耳

地爬山倒还说得过去,可怎么又有马、又有仆人呢?一个有马、有仆人的女子,还有金属酒壶和犀牛角的酒杯,显然是很有身份的,又怎么会去采野菜呢?

另一个矛盾是:第一节的主人公应该是位女性,但从第二节以后,登山喝酒,显然不是闺门作风。钱钟书就说这是"话分两头、双管齐下"的表现手法,第一节以思妇的口吻来写,第二节以后以男方的口吻来写。钱钟书举了不少古今中外例证,比如王维的《陇头吟》:

长安少年游侠客,夜上戍楼看太白。
陇头明月迥临关,陇上行人夜吹笛。
关西老将不胜愁,驻马听之双泪流。
身经大小百余战,麾下偏裨万户侯。
苏武才为典属国,节旄空尽海西头。

钱钟书解释道:"少年楼上看星,与老将马背听笛,人异地而事同时,相形以成对照,皆在凉辉普照之下,犹'月子弯弯照九州,几家欢乐几家愁';老将为主,故语焉详,少年为宾,故言之略。"①——这就说明了《卷耳》艺术手法的新颖,分别来写一对男女的思念之情,各抒胸臆,合为一诗。

但是,这个解释很没道理。王维的《陇头吟》的确是"话分两头、双管齐下",但主宾分明,任谁也不会产生误解,钱钟书所举的其他例子也都是这种情况。然而《卷耳》一诗如果不是费尽心机去牵连,恐怕任谁也不会想到居然还有这层意思!全诗四节都用"我"字,不加区别,难道第一节的"我"是指女

① 钱钟书《管锥编》,中华书局,1979 年,第 68 页。

方,第二节以后的"我"就毫无征兆地变成男方了?如果用形式逻辑的标准来衡量,这是违反同一律的,最多勉强推测为这是男女双方的对唱。

问题的关键在于之所以会把第一节理解为女子的口吻,是因为把"采采卷耳,不盈顷筐"当做采野菜的活计,这显然不是男人做的。但是如前所述,这句话的意思实际是"茂盛而鲜艳的卷耳菜呀,装不满一个浅筐",并没有采摘的动作,所以主人公并不确定就是女性。①

这首诗只是在以卷耳起兴,并不等于真有采野菜其事。这个起兴到底有什么涵义,迄今无据可考。有人研究过《诗经》中大量出现的"采摘"意象,认为这是一个爱情母题,比如《关雎》里的采荇

卷耳图。[清]高侨鹤《诗经图谱慧解》卷一,康熙四十六年手稿本。图中是母亲带着孩子去采卷耳,从衣着看显然不是劳动人民。原注说这是"一幅怀人景象",诗中的采摘与乘马、登山的画面无法组织在同一幅画里,所以只取采摘的画面,"写其大意而情致自在"。

① 参见郝翠屏,范哲巍《〈诗经·周南·卷耳〉中"我"的指称与主题新解》,《燕山大学学报》(哲学社会科学版),2006年8月,论述诗中之"我"为一出门在外的男子。

菜就是典型例子："在这短短的两章诗中，采荇菜的母题三次出现，作为修辞起兴似乎有些过分了。或许从原始民族采摘植物叶子进行巫术性洗濯的现象中可以找到这一母题的必要性和反复性的解释。特罗布里安德人在追求异性之前都要经过这种象征性的准备工作，使自己获得充分的吸引力和自信心。《关雎》的作者也是在三次采荇菜的强化作用下才逐渐建立起'求淑女'的自信心的。所谓'寤寐求之'和'寤寐思服'不正如马林诺夫斯基在岛民的第一轮爱情巫术中发现的情形吗……"①

这是很有道理的一种阐释，但如果"采采卷耳"与采摘无关，这个爱情母题自然也就丧失了落脚点。

至此，"采采卷耳"只是迄今为止涵义不明的起兴，"嗟我怀人"也并非思念远人，"置彼周行"则是弃大道而上山，语意贯通，诗中的主人公必然是一位男性，更无可疑。

上的这座山肯定既不陡峭、又有山路可循，因为"陟彼崔嵬，我马虺隤"，当时的人不是骑马，而是用马来拉车，所以这句诗是说主人公驾着马车上山，马儿跑得很累。但不管马儿怎么累，马车能跑上去的山显然只能是个路况良好的高坡而已。

主人公不断地沿着高坡往上跑，于是从第二节到第四节层层递进。马儿越来越累，仆人也快支撑不住了，而这位主人公拿着高贵的酒具，自斟自饮，借酒浇愁。

诗义至此而明朗。《卷耳》的主旨既不是女子思念征人，也不是男女双方互道相思，更不是如古人所争论的明君思贤

① 叶舒宪《爱情咒与"采摘"母题——〈关雎〉、〈卷耳〉、〈苤苢〉通观》，《淮北煤师院学报》(哲学社会科学版)，2001 年 10 月。

或者后妃辅佐周文王以求贤云云，而是一首遣怀诗。

【字义】

[1]顷筐：斜口筐，有点像簸箕。

[2]崔嵬：清代孙嵘《西园随笔》认为"崔嵬"就是"翠微"。山远望是翠色的，人走得越近则眼中所见的翠色越微弱，是为翠微。[①]依这个解释，则"陟彼崔嵬、陟彼高冈、陟彼砠矣"是个递进的关系，表示越爬越高。

[3]虺隤（huī tuí）：形容马累了，跑不动了。

[4]陟（zhì）：攀登。

[5]金罍（léi）：金饰酒具，大肚小口，是诸侯上卿宴享时用的贵重礼器。[②]

[6]维：发语词，无实义。

[7]玄黄：诸家说法不一，有说形容马生病而变色的，有说形容马累了大汗淋漓的。

[8]永伤：长久的忧伤。

[9]兕觥（sì gōng）：兕是犀牛，兕觥是用犀牛角做的酒具，一说是木刻的，做成犀牛角的造型。这种酒具容量很大，

---

① [清]孙嵘《西园随笔·五经类》：《尔雅》："未及山曰翠微。"《诗》曰："陟彼崔嵬。""崔嵬"即"翠微"，诗传授字各不同尔。然"崔嵬"字不及"翠微"之工。凡山远望则翠，近之则翠渐微，故曰翠微也。左思《蜀都赋》："郁葐蒀以翠微。"注："翠微，山气之轻缥也。"孟郊诗"山明翠微浅"，又"山近渐无青"，东坡诗"来看南山冷翠微"，皆有意态，足以发诗人及《尔雅》之妙诠。

② [清]姜绍书《韵石斋笔谈》卷上"金罍"条：金罍之式有五：山罍、金罍、大罍、小罍、水罍也。诸侯大夫，饰以黄金，镂为云雷，取博施之象。《礼记》曰："宗庙之上，罍尊在阼，牺尊在西"，其为列侯上卿宴享之器无疑。

所以推测为一般用于宴会上的罚酒。① 考古发现的罍和兕觥多为青铜制品。

兕觥的形制多有歧说。1959年，山西石楼县桃花庄出土了一件牛角形横置的青铜容器，基本被认定为兕觥的真实象形。推测起来，最原始的觥是犀牛角制成的，青铜器的兕觥则是对犀牛角兕觥的仿制。②

[10]徂(cú)：石山。

[11]瘏(tú)：劳累过度以致病。

[12]痡(fū)：劳累过度以致病。

【杂识】

[1]断章取义

《左传·襄公十五年》载，

兕中。吴之英《寿栎庐仪礼奭固礼器图》卷五。"中"是投壶时盛筹码的礼器，兕能"触物"，所以投壶的礼器会用它来做造型。

---

① [宋]李如篪《东园丛说》卷上"我姑酌彼兕觥"条：《卷耳》诗云："陟彼高冈，我马玄黄。我姑酌彼兕觥，惟以不永伤。"注云：觥，罚爵也，燕饮所以用之者。礼自立正之后，旅酬必有醉而失礼者，罚之亦所以为乐。今人宴会求席中人举动言语之谬误者则罚酒以为笑乐，其所由来远矣。

② 参见郭宝均《商周青铜器群综合研究》，文物出版社，1981年。

楚国安排了一些有才干的人做官，于是有君子评论道："任用合适的人才做官，这是国家的当务之急。官员各就各位，老百姓也就没有非分之想了。《诗经》里说'嗟我怀人，置彼周行'，这是说能恰当地任人做官，从天子以至士大夫各安其位，这就是所谓的'周行'了。"①

这个"周行"，杜预释"周"为"编"，说这句诗的意思是说国君把贤人编入合适的岗位，《卷耳》从此就有了一个"明君任用贤良"的主旨。但春秋时代的用诗，大多是断章取义的。"断章取义"这个词原本并没有贬义，只是说人们在一些社交场合中吟诵《诗经》里的诗句来表达自己的意见，只要句子在字面上合适就够了，而不必考

圆涡纹罍。《保利艺术博物馆藏青铜器》，2006年，第6页。这是商代制品，牛首上还铸有菱形的族徽铭文。"我姑酌彼金罍"，用得起这种东西的断然不会是平民百姓。出土文物证实，罍与兕觥都流行于商代中期至周代早期，所以《卷耳》应该是西周早期的作品。

---

① 《左传·襄公十五年》：楚公子午为令尹，公子罢戎为右尹，蒍子冯为大司马，公子橐师为右司马，公子成为左司马，屈到为莫敖，公子追舒为箴尹，屈荡为连尹，养由基为宫厩尹，以靖国人。君子谓："楚于是乎能官人。官人，国之急也。能官人，则民无觊心。《诗》云：'嗟我怀人，置彼周行。'能官人也。王及公、侯、伯、子、男、甸、采、卫大夫，各居其列，所谓周行也。"

虑原诗的上下文。①这就像我们一直用"春蚕到死思方尽"来形容教师，而不考虑这本来是一首爱情诗。

[2]合二为一

在《左传》的这个解读之后，这位善于任用贤人的明君后来又被附会为周文王，从此又衍生出了多种说法。而现在比较流行的女子思念征夫的解释，其源头应是汉代易学家焦延寿。②焦延寿用《诗经》的文辞来解卦，大约歌谣之"谣"与卦爻之"爻"同音通假，《周易》爻辞就是歌谣体。其后诸家解读各擅胜场，却也莫衷一是。其中比较有意思的说法要算日本学者青木正儿的合二为一说，认

嵌铜勾连雷纹罍。同书第23页。这是战国器物，这时候罍这种东西已经相当少见了。

---

① 《左传·襄公二十八年》：齐庄封好田而耆酒，与庆舍政。则以其内实迁于卢蒲弊氏，易内而饮酒。数日，国迁朝焉。使诸亡人得贼者，以告而反之，故反卢蒲癸。癸臣子之，有宠，妻之。庆舍之士谓卢蒲癸曰："男女辨姓。子不辟宗，何也？"曰："宗不余辟，余独焉辟之？赋诗断章，余取所求焉，恶识宗？"癸言王何而反之，二人皆嬖，使执寝戈，而先后之。

② [汉]焦延寿《易林》卷一"革"：玄黄虺隤，行者劳疲，役夫憔悴，逾时不归。卷二"小过"：玄黄虺隤，行者劳疲，役夫憔悴，处子猥衰。卷四"艮"：玄黄虺隤，行者劳疲，役夫憔悴，逾时得归。

为《卷耳》存在错简，是把本来的两首诗混为一首了。

前边讲过，《卷耳》的第一节和后三节似乎存在着明显的矛盾，让后人大费猜详，而如果第一节原本是单独一首诗，主旨是女子思念征夫，而后三节是另一首诗，主旨是征夫思家，这个矛盾便迎刃而解了。孙作云在《诗经与周代社会研究》一书中承袭了这个观点，并推测这两首诗的原始形式如下：

第一首：
采采卷耳，不盈顷筐。嗟我怀人，置彼周行。
采采卷耳，不盈□□。嗟我怀人，置彼□□。
采采卷耳，不盈□□。嗟我怀人，置彼□□。

第二首：
陟彼崔嵬，我马虺隤。我姑酌彼金罍，维以不永怀。
陟彼高冈，我马玄黄。我姑酌彼兕觥，维以不永伤。
陟彼砠矣，我马瘏矣，我仆痡矣，云何吁矣。①

这是一个很有创意的想法，但既然《卷耳》的第一节已然经过上文论证，并非女子思念征夫的意思，全诗在解决了"采采卷耳""嗟我怀人""置彼周行"的训诂问题之后语义完全可以贯通，那么所谓第一节与后三节的矛盾自然就不存在了，这个弥合矛盾的思路也就大可不必了。

[3]三心二意

在早期对《卷耳》的解释中，《左传》是一例，《荀子》也是

---

① 孙作云《诗经与周代社会研究》，中华书局，1966 年，第 404-406 页。

一例。《荀子》是把《卷耳》当做个人修为的道理来谈的："卷耳是容易采到的，斜口筐子也是容易装满的，但一个人若是三心二意，卷耳是装不满筐子的。所以说，思想如果不能集中，就无法获得知识，还会产生许多疑惑。专心致志才是了解事物的唯一方法。认识事物的方法不可能有对立的两种，所以明智的人会选择一种而专注于它。"①

[4]诗艺的影响

"采采卷耳，不盈顷筐。嗟我怀人，置彼周行"，这一节虽然长久以来被误读为思妇怀人的意思，但误读往往也能产生良好的影响。唐代张仲素的《春闺思》就体现了从对《卷耳》的误读学到的诗歌手法：

> 袅袅城边柳，青青陌上桑。
> 提笼忘采叶，昨夜梦渔阳。

这是写一位采桑的女子，城边柳树袅袅，陌上桑叶青青，但女子提着篮子却失神地忘记了手中的活计，是因为昨夜梦到了征戍中的丈夫，此刻仍然没有放下心头的牵挂。这种表达手法，完全是从对"采采卷耳"四句的误读中承袭而来的。②

---

① 《荀子·解蔽》：心者，形之君也，而神明之主也，出令而无所受令。自禁也，自使也，自夺也，自取也，自行也，自止也。故口可劫而使墨云，形可劫而使诎申，心不可劫而使易意，是之则受，非之则辞。故曰：心容，其择也无禁，必自现，其物也杂博，其情之至也不贰。诗云："采采卷耳，不盈顷筐。嗟我怀人，置彼周行。"顷筐易满也，卷耳易得也，然而不可以贰周行。故曰：心枝则无知，倾则不精，贰则疑惑。以赞稽之，万物可兼知也。身尽其故则美。类不可两也，故知者择一而壹焉。

② [清]陈廷敬《午亭文编》卷二十八"卷耳"条："采采卷耳，不盈顷筐。嗟我怀人，置彼周行。"唐人诗"提笼忘采叶，昨夜梦渔阳"本此。如《序》云"辅佐君子，求贤审官"，是全与此诗无涉也，亦岂复有意味之可寻乎？

樛木

南有樛木，葛藟累之。乐只君子，福履绥之。
南有樛木，葛藟荒之。乐只君子，福履将之。
南有樛木，葛藟萦之。乐只君子，福履成之。

【大意】

南边有一株向下弯曲的树，葛藤缠绕着它。快乐的君子呀，福气跟着他。

南边有一株向下弯曲的树，葛藤覆盖着它。快乐的君子呀，福气帮着他。

南边有一株向下弯曲的树，葛藤萦绕着它。快乐的君子呀，福气成就他。

【考释】

这首诗看似简单，意思却也不易弄清。全诗分为三节，三节的字句和意思基本是重复的，只是有个递进的关系而已。如此说来，只要把其中一节的意思搞懂，全诗也就豁然开朗了。那么，从第一节来看，是以樛木起兴，樛木是向下弯曲的树,因其向下弯曲,所以葛藤很容易攀援而上,这就是"南有樛木,葛藟累之";然后联系到"君子",以葛藤缠绕樛木的意象比拟"福履"伴随着君子。"福履"向来被解做"幸福"或"福禄"之类的义项,很少出现什么争议,于是整个诗节的意思就是:葛藤缠绕着樛木,幸福围绕着君子,看起来就是这样的简单明了。安徽文艺出版社的《诗经鉴赏辞典》就是这样翻译的:

南边弯弯树,葛藤缠着它;快乐的人儿,幸福降临他。
南边弯弯树,葛藤荫盖它;快乐的人儿,幸福佑护他。
南边弯弯树,葛藤围绕它;快乐的人儿,幸福陪随他。

这是一种很有代表性的解释,现代的各种《诗经》注本、赏析本对《樛木》这首诗基本都是这个调子。但这样理解是否正确,就需要仔细分析了。

从字面上看,《樛木》像是一首祝福诗,而古代的经典解释还是照例把它扯到后妃的品德问题上去:树枝一般都是向上生长的,向下弯曲的就显得很不寻常。那么,寓意是什么呢,就是后妃虽然位居第一夫人,但能够谦和礼下,积极为其他女子创造得宠的机会,毫无嫉妒之心。只有这样,才能够家和万事兴,大家都好,自己也好。①

这很像男权社会为三妻四妾寻找理论依据。但若单看这

---

① 《毛诗正义》卷一:《樛木》,后妃逮下也。言能逮下,而无嫉妒之心焉。后妃能和谐众妾,不嫉妒其容貌,恒以善言逮下而安之。……[疏]"《樛木》三章,章四句"至"之心焉"。正义曰:作《樛木》诗者,言后妃能以恩义接及其下众妾,使俱以进御于王也。后妃所以能恩意逮下者,而无嫉妒之心焉。定本"焉"作"也"。逮下者,三章章首二句是也。既能逮下,则乐其君子,安之福禄,是由于逮下故也。

理论本身，倒也算能够自圆其说，只是樛木的寓意为什么一定指向后妃而不是其他，这个关联却是怎么找也找不到的。以严谨一些的眼光来看，"后妃"之解只能算是一千个哈姆雷特中的一个，仅仅因为它被定为了官学权威才成功地排除了其他的九百九十九个哈姆雷特。

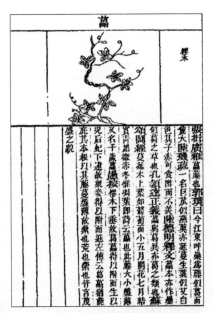

"南有樛木，葛藟累之"，按照郑玄的说法，树木的枝条下垂，葛藤才容易攀附，这倒是易于理解的。相应地，后

藟。[清]徐鼎《毛诗名物图说》。徐鼎在按语中给出的证据是《左传·文公七年》的一则记载，当时宋国政变，宋昭公有意除掉群公子，时任司马的乐豫劝谏说："公族是公室的枝叶，如果剪除了枝叶，干与根就没有东西来遮蔽了。葛藟尚且可以遮蔽其本根，所以君子以之为喻，何况是一国之君呢？"根据这则记载，葛藟之所以有遮蔽本根之功，是因其藤蔓盘薄，因此《樛木》一诗中的"累""荒""萦"都是形容葛藟的茂盛。

案：《左传·文公七年》乐豫所谓君子以之为喻，说的应当并非《樛木》，而是《王风·葛藟》：

绵绵葛藟，在河之浒。终远兄弟，谓他人父。谓他人父，亦莫我顾！
绵绵葛藟，在河之涘。终远兄弟，谓他人母。谓他人母，亦莫我有！
绵绵葛藟，在河之漘。终远兄弟，谓他人昆。谓他人昆，亦莫我闻！

《毛诗》说《葛藟》是王族讥刺周平王而作的诗，因为当时周室衰微，周平王东迁洛邑，弃其九族。

妃能够"礼贤下士"，众多女子才有机会去攀附那个唯一的男人，礼义由此而大盛。[1]儒家宣讲先齐家后治国的道理，如果后妃真能做到这个程度，齐家也就八九不离十了，国泰民安便是指日可待的事情了。

案：《左传·文公七年》乐豫所谓君子以之为喻，说的应当并非《樛木》，而是《王风·葛藟》：

绵绵葛藟，在河之浒。终远兄弟，谓他人父。谓他人父，亦莫我顾！

绵绵葛藟，在河之涘。终远兄弟，谓他人母。谓他人母，亦莫我有！

绵绵葛藟，在河之漘。终远兄弟，谓他人昆。谓他人昆，亦莫我闻！

《毛诗》说《葛藟》是王族讥刺周平王而作的诗，因为当

樛木图。[清]高侪鹤《诗经图谱慧解》卷一，康熙四十六年手稿本。原注提出了一种"无中生有"的写意主张，得意而忘形，画的是一幅诗中并不存在的景象——"诗未尝有是象也，诗人意中乃有是象，故以樛木取兴，即以樛木成图。此亦无中生有之一想也。"

---

①《毛诗正义》卷一：笺云：木枝以下垂之故，故葛也藟也得累而蔓之，而上下俱盛。兴者，喻后妃能以意下逮众妾，使得其次序，则众妾上附事之，而礼义亦俱盛。

诗经讲评之风人深致

时周室衰微，周平王东迁洛邑，弃其九族。

个中道理可以越发掘越深刻，宋代张纲给皇帝讲《诗经》，便很有一番哲学发挥：树木向上生长称为乔（我们现在还会用"乔木"这个词），向下弯曲叫做樛。如果一味地向上，就会和其他事物不断疏远，所以《汉广》诗里说"南有乔木，不可休息"（可以想象一下，高耸的杨树底下很少能有阴凉，人是没法乘凉的，而大榕树底下才是乘凉的好地方）；只有枝叶向下弯曲，才有机会亲近其他事物，所以才说"南有樛木，葛藟累之"。葛藤长不高，处于低下的位置，只有借助于树木枝干的弯曲才能够攀援而上，这正是对后妃与嫔妇之间的关系的贴切比喻。联系《周易》的卦爻辞，刚柔相杂无时不变，吉凶祸福倚伏消长，只有谦卦例外，所有相关的文字没有一句话涉及凶、咎、悔、吝，由此可知谦德可以使天下和谐，无往而不利。《樛木》的主旨正是谦德，由此可知家和而万事兴，君子可以免于凶、咎、悔、吝而长享福禄。①

<hr>

① [宋]张纲《华阳集》卷二十五：臣闻后妃正位宫闱，同体天王，顾夫人嫔妇之属，贵贱之势固有间矣。惟贵贱之势有间，故每以逮下为难。《小星》言惠及下而曰"夫人无妒忌之行"，《樛木》言逮下而曰"无嫉妒之心"，然则逮下之事惟无妒忌者能之耳。木上竦曰乔，下曲曰樛。乔则与物绝，故曰"南有乔木，不可休息"。樛则与物接，故曰"南有樛木，葛藟累之"。葛藟，在下之物也，以木之樛故得附丽以上，谕嫔妇之属所处在下，以后妃有逮下之德，故亦得进御于其君。若是者，上恩达于下，下情通于上，闺门之内不失其和矣。文王之治，始于忧勤，终于逸乐，后妃逮下而闺门以和，则内治成矣，文王安得而不乐哉。惟乐其内治之成，所以能安享福禄，故曰"乐只君子，福履绥之"。臣尝观《易》之设卦，刚柔相杂而变生故，或吉或凶，相为倚仗，惟谦之为体，自卦、彖、象，以至六爻之辞，无一言及于凶、咎、悔、吝，以是知谦之为德，所以致和于天下，无往而不利。既无凶、咎、悔、吝，则福随之矣，夫逮下而无嫉妒之心。谦德也，以是而和其闺门。则其君子免于凶、咎、悔、吝而安享福禄也宜矣。

社会封建专制之后，后宫和谐的重要性似乎越发重要起来。在周代宗法社会家族式的小国里，族长的家事对政治的影响才是更要紧的。但在社会结构的转变中，对《樛木》的解读并不曾与时俱进，而是牢固地作了六宫粉黛们的道德箴言。金九畴《咏樛木》非常下里巴人地写道："逮下初无嫉妒心，六宫美女受恩深。声声乐只歌君子，福履篇中送好音"，仿佛有一股奴性扑面而来。

在以葛藟起兴之后，是"乐只君子，福履绥之"，这句话曾经给古人造成过一些困惑：这里的"君子"究竟指谁？——从字面上看，君子自然就是贵族，充满附会精神的古人很容易地把他联想为盛德之君周文王。但是如果"南有樛木，葛藟累之"是以葛藤攀附樛木来比拟后妃"不嫉妒"的品德，为什么又突然转到周文王身上了呢？如果想要做到文义连贯，"君子"应该是指后妃才对：因为后妃具有不嫉妒的美德，援引其他女子来供丈夫宠幸，所以这位后妃才能仙福永享，寿与天齐。[1]但这样一来，以"君子"指代后妃，岂不是完全不顾字义了吗？

如此一来，所谓"君子"似乎当是"小君内子"的简称，但这样的解释实在有些勉强。朱熹便有过这个质疑，所以更容易引来其他学者对此大费脑筋。一种极尽迂曲的弥合之论是：所谓"君子"，指的还是周文王。后妃能够援引众女以事文王，如同大树垂下枝条援引葛藤攀附，以致家和万事兴，周文王自然就是最大的受益人。文王受益，后妃自然也会相应受益。《樛木》是一首祝福诗，从礼数上讲，向别人祝福时只及主

---

[1] [宋]朱熹《朱子语类》卷八十一：问："《樛木》诗'乐只君子'，作后妃，亦无害否？"曰："以文义推之，不得不作后妃。若作文王，恐太隔越了。"

人而不及主妇，因为女人是从属于男人的。如果祝福后妃而省略掉文王，显然是不得体的。"乐只君子，福履绥之"，祝福了周文王，自然及于后妃，前后文义也就连贯起来了。①

时至现代，"后妃"之类的传统解释难以再取信于人了，但《樛木》到底主旨为何，仍然不易把握。众说纷纭，虽然"祝福"的主题基本不变，但《樛木》到底是祝贺新婚的歌谣，还是女子为丈夫祈福，甚至是"古代剥削阶级互相涂脂抹粉、祈福求禄的靡靡之音"，让人颇难定夺。于是，索解的过程又须要从头开始。这个"头"，就是"南有樛木"之"南"。

"南有樛木"，看上去平平常常，只是在说"南边有一株向下弯曲的树"，但这个"南"不一定就是泛指"南边"。

早在《毛诗》，就释"南"为"南土"，也就是南国，即南方江汉一带，但没说为什么。到了唐代，孔颖达一干官学权威阐释《毛诗》，发现了一处不自洽的地方：《毛诗》解释《召南·草虫》的"陟彼南山"，说这个南山是周之南山，解释《曹风·候人》"南山朝隮"，说这个南山是曹之南山，都是就本国而言的，为什么偏偏对"南有樛木"之"南"就要解做"南土"呢？

这问题没机会去求证于毛公了，只能想方设法找出一个合理或貌似合理的解释来。孔颖达他们给出的解释是这样的：诗歌起兴要取合适的意象，《樛木》以藤缠树起兴以喻后妃上下之盛，所以要取茂盛的树木来作起兴，而树木最茂盛的地方就是南土，所以"南有樛木"并不是说"南边有一株向下弯曲的

---

① [清]李光地《榕村语录》卷十三：问："《樛木》篇所云君子，朱《传》谓指后妃，犹言小君内子也。窃意君子仍指文王说。后妃能逮下，如樛木之茙葛藟，以致室家和理，天下化成，则文王膺受多祉矣。文王膺祉，则后妃之福履可知。于礼，祝嘏止及于主人而不及主妇，亦以妇从夫故也。若祝后妃而略文王，反觉非体。如此解君子二字，不用分疏，意味似尤深长。"曰："此说亦好。"

树",而是说"南土(或南国)有一株向下弯曲的树"。①

这个解释在古代虽然属于官学经典答案,科举考试要考,但说服力实在不强,毕竟那时候的《诗经》要算政治哲学教材,不能以现代学术的实证手法来作衡量。但是,推理不足,结论未必就错,今人的考证也得出过近似的答案。——《诗经》开篇是"周南"和"召南",这两个名词到底是什么意思,各个时代的专家们给出过无穷的解说,到现在也没有定论。在各种歧说之中,大多认为二南属于周人的地域观念,至于地域的具体所指,又有各路解释。一说周南包括陕西的岐山、镐京一带,这是周公的管辖区,也包括南方楚地。无论周地还是楚地,其歌谣经周公手下的乐师采集加工,是为周南。于是有人由此推论:《樛木》出自楚人之口而作于周京,或者说是南方楚人在周京演唱的。

楚国并不属于中原诸侯系统,文化也自成一系,虽然一度臣服于周,但以现代的政治术语来说,周代类似于邦联制国家,楚国属于一个松散的加盟者,这和秦汉以后中央集权大一统的政治格局是完全不同的。楚国既是松散加盟,又并不真心服膺周人,待自家强大之后,基本与中原诸侯形成南北分庭抗礼的局面。在西周时期,周人视楚人为蛮夷、为敌人,两方面既有交战期,也有和平期,周人没少抓获楚国的俘虏。由此推测,《樛木》或许是楚国俘虏唱的歌。

为什么这么说呢?因为楚人若在家乡楚地,本在南土,便没有必要唱"南有樛木",只有在被俘北上之后怀念故土,才

---

① 《毛诗正义》卷一:[疏]传"南,南土"至"茂盛"。正义曰:诸言南山者,皆据其国内,故传云"周南山"、"曹南山"也。今此樛木言南,不必己国。何者?以兴必取象,以兴后妃上下之盛,宜取木之盛者,木盛莫如南土,故言南土也。

会唱出这样的歌词。在这个前提下,诗歌的起兴意象也自然会发生改变:樛木比喻劳动人民饱受压迫,葛藟的缠绕则比喻被俘的楚人被绳索捆着,而"乐只君子,福履绥之"看似颂扬,实为反讽,因为全诗是被俘者在胜利者面前唱的,不得不委婉含蓄,明褒暗贬。这一来,这首诗又该被重新翻译了:

南国累弯了腰的百姓啊,北方贵族又给加上了一条绳索。那些欢乐的贵族啊,却是幸福福气安抚着它。

南国累弯了腰的百姓啊,北方贵族又给加上了几重绳索。那些欢乐的贵族啊,却是幸福福气伴随着它。

南国累弯了腰的百姓啊,北方贵族又给加上了无数绳索。那些欢乐的贵族啊,却是幸福福气成就着它。①

从祝福变成了控诉,诗义竟然可以发生一百八十度的逆转。但这一新解是否成立呢?——至少有两处问题:一是《周南·汉广》"南有乔木,不可休息"难道也是楚国俘虏之歌?二是把"乐只君子,福履绥之"那几句释为反讽,明显忽略了葛藤绕树和君子福履之间存在的类比关系。

"福履绥之""福履将之""福履成之",结合《毛诗》与郑玄的训诂,"绥"训"安","将"训"扶助","成"训"成就",这三者存在一个递进关系,这也符合《诗经》篇章的一贯体例。"扶助"是个尤其值得留心的义项,因为它与藤缠树的类比关系非常明确:葛藤之所以能够向上攀援,是因为得到了樛木的扶助;君子之所以享受福履,是因为得到了某人的扶助。

当然,仅有一个"将"的类比显然是不够的,回头再看

---

① 侯文鼎《〈诗经·周南·樛木〉新解》,《辽宁大学学报》,1987 年第 3 期。

绥

绥。吴之英《寿栎庐仪礼奭固礼器图》卷二。绥虽然是个很小的东西，却涉及到不少乘车的礼节。一般来说，乘车时是由驾车的人把绥递给乘车的人；如果驾车的是仆役，这就是正常的仆役礼数；如果驾车的人也有一定身份地位，这就是执仆人之礼，表示对乘车者的尊重，乘车者针对不同身份的驾车者也会有相应的礼数。新郎去接新娘的时候，也要行这种仆人之礼，把绥递给新娘，表示要由自己驾车。新娘的傅姆先代新娘假意推辞一番，然后接过绥来转交新娘，新郎此时便登上御者的位置为新娘驾车，但只要车轮转够了三圈，新郎就可以下车了，换由仆人继续驾车。所谓礼仪之邦，由此可见一斑。

"绥"字，《毛诗》训之为"安"，这是准确的吗？"绥"的古义确有安抚的意思，而我们看《论语》记载孔子乘车的规矩：上车的时候要正对着车厢的尾部，手挽登车用的带子。①这条带子，就是"绥"。现在的轿车车厢里也有一个东西，只不过把带子变成了把手，供人上下车的时候拉着来借力或稳定身体。也就是说，"绥"的作用也是"扶助"。

这样的话，"绥"与"将"都有"扶助"的意思，到第三节的"成"使福分达到圆满，这样的解释便是顺畅而妥帖的。

那么，下面的问题就是：既然君子的福履需要被扶助而得，起到扶助作用的这个人究竟是谁呢？——这在诗歌里并没有明确出现，但以周人的一般观念来看，这个"某人"应该是"君子"的祖先或上天。由此看来，《樛木》的

①《论语·乡党》：升车，必正立，执绥。车中，不内顾，不疾言，不亲指。

主旨应是祝福,祝福某位君子得到祖先或上天的保佑,在祖先或上天的扶助下得到越来越多的福分。

在"扶助"的义项上,其实可以得到两种解释,这就取决于在樛木与葛藟的关系中谁为主、谁为客。如果樛木为主,樛木对葛藟当是扶助;如果葛藤为主,葛藟对樛木当是攀附。高亨就是在后者的意义上释诗的,认为"作者以葛藤攀附高树比喻自己攀附贵族",而诗旨也就变成"作者攀附一个贵族,得到好处,因作这首诗为贵族祝福"。①如果换作客气一些的语言,就是像清代辨伪大家崔述说的那样,是"上惠恤其下而下爱敬其上之诗",至于这上下关系到底是君主和臣子还是后妃与姬妾,都是能讲得通的。②

无论如何,"扶助"的义项应该可以凿实,但对"福履"的旧解又生出了新的质疑。

对"福履"的意思,古往今来的研究者们并没有太大的分歧。《毛诗》训"履"为"禄","福履"就是"福禄";汉代三家诗中,《鲁诗》训"履"为"福";从《说文》《释言》来看,"履"、"礼"可以互训,有事神致福的意思。③从《诗经》其他篇章中寻找旁证,《小雅·鸳鸯》有"福禄绥之"。总而言之,"福履"应与"福禄"同义,这既于字义无误,又可以贯通上下文语义,看不出任何不妥之处。

而晁福林提出的质疑是:"履"作"禄"义仅是汉儒的理解,未必符合古意。"履"的本义为鞋,引申为践踏、施行,在西

① 高亨《诗经今注》,上海古籍出版社,1980年,第6-7页。
② [清]崔述《读风偶识》卷一,《崔东壁遗书》,上海古籍出版社,1983年,第534页。
③ [清]王先谦《诗三家义集疏》,中华书局,1987年,第33-34页。

周及春秋时期的用法中,"履"常作"实地考察"的意思,这种考察类于经历,所以后世将人的经历称为"履历"。金文有个常用词"蔑历",其主要的意思就是对某人经历或成绩的考核与肯定。从古音通假来看,《樛木》之"履"应读若历,近于古人所谓伐阅、阅历之义。

周代有所谓世卿世禄的制度,但在继承先人的职位或名分时还须要得到周天子或上级贵族的认可,彝器铭文习见的"某人蔑某人历",说的就是上级认可下级的资历与功绩而为其封赏,而樛木与葛藟的关系正是这种宗法制度下的上级与下级的关系。①

而在上博简《诗论》里,释《樛木》的主旨为"时",至于"时"的确切涵义,有说是春秋战国时期社会上流行的时遇、机遇的观念,②有说将福履赐予君子的当是上天,故而"时"的意思是得天时,③其他诸说不再列举。对《樛木》主旨的歧说暂且不论,"福履"是否当释做"蔑历"却需要先来分析一下。

可参见许倬云的概述:"周金铭文中有蔑历一词,其意义不甚清楚。自来解说甚多,大多在嘉奖勉励一义上做文章(于省吾,1956)。唐兰以为蔑作功伐,历作经历,二字合言,正如后世的伐阅。在彝铭里被蔑历或自我蔑历的人,都不是最上层的贵族,大致只是大夫一级(唐兰,1979)。唐说极有理,穆王时代的长甶盉,即有穆王蔑长甶及长甶蔑历的语句,长甶大约是穆王飨醴井伯时的陪侍大夫,也许还只是井的臣属,

---

① 晁福林《〈上博简·孔子诗论〉"樛木之时"释义——兼论〈诗·樛木〉的若干问题》,《古籍整理研究学刊》,2002 年 5 月。

② 晁福林《〈上博简·孔子诗论〉"樛木之时"释义——兼论〈诗·樛木〉的若干问题》,《古籍整理研究学刊》,2002 年 5 月。

③ 廖名春《上海简〈关雎〉七篇诗论研究》,《中州学刊》,2002 年第 1 期。

是以有此被夸奖之词(白川静,1967:342—346)。《左传》襄公十九年:'夫铭,天子令德,诸侯言时计功,大夫称伐。'其末句正可解释蓑历的意义及其限于大夫阶层的情形。诸侯不称功伐,是以周代铜器铭文中没有蓑历诸侯的词句。铭文只记赏赐锡命,不记考核成绩,然典策与瑾圭的作用,正寓校课的意义。"[①]

分析工作从何入手呢,就用一个最普通的方法:从《诗经》的其他篇章中寻找证据,因为同时代的语言与意象的使用毕竟是有共通性的。

通观《诗经》,以葛藟起兴的共有三首,两外两首一是《王风·葛藟》,一是《大雅·旱麓》,把这三首结合来看,大约能发现以葛藟起兴的意义何在。《王风·葛藟》:

绵绵葛藟,在河之浒。终远兄弟,谓他人父。谓他人父,亦莫我顾!

绵绵葛藟,在河之涘。终远兄弟,谓他人母。谓他人母,亦莫我有!

绵绵葛藟,在河之漘。终远兄弟,谓他人昆。谓他人昆,亦莫我闻!

这是一首怨刺诗,主人公远离亲人,过着寄人篱下的悲惨日子。诗同样以葛藟起兴,但葛藟这一回并没有樛木可以攀援上升,却生长在河边,无树可依。这里以葛藟起兴有两个可能的寓意:一是以葛藟的藤蔓绵长比喻苦难生活没有尽头,忧伤的心绪绵绵不绝;二是以葛藟生在河边无树可依比喻自己形单影只,找不到依靠。再看《大雅·旱麓》:

---

① 许倬云《西周史》,三联书店,1995年,第175页。

瞻彼旱麓,榛楛济济。岂弟君子,干禄岂弟。
瑟彼玉瓒,黄流在中。岂弟君子,福禄攸降。
鸢飞戾天,鱼跃于渊。岂弟君子,遐不作人?
清酒既载,骍牡既备。以享以祀,以介景福。
瑟彼柞棫,民所燎矣。岂弟君子,神所劳矣。
莫莫葛藟,施于条枚。岂弟君子,求福不回。

这首诗像是当时的主旋律作品,赞美周王、求神祈福,有很多祭祀的内容,其中"岂弟君子,干禄岂弟""岂弟君子,福禄攸降""岂弟君子,求福不回"之类的语句和《樛木》里的"乐只君子,福履绥之"三句很有一比。葛藤的起兴就在最后一节:"莫莫葛藟,施于条枚。岂弟君子,求福不回",是说葛藤蔓延缠绕树枝,谦谦君子谨慎祈福。——这一句和《樛木》的手法非常相似,我们对照一下来看:

南有樛木,葛藟累之。乐只君子,福履绥之。(《樛木》)
莫莫葛藟,施于条枚。岂弟君子,求福不回。(《旱麓》)

从这个对照来看,"葛藤绕树"和"君子祈福"肯定存在着某种关联,可解做具有上下级关系的人们的攀附与扶助。《樛木》和《旱麓》的这两句诗如此相似,完全可以互换。而《旱麓》"求福不回"只用一个"福"字,可证"福"与"福履"可以互换,意思是一样的。再看《小雅·鸳鸯》的最后一节"乘马在厩,秣之摧之。君子万年,福禄绥之",结构和《樛木》相同,只是以"乘马在厩"起兴,后边接的"君子万年,福禄绥之"和"乐只君子,福履绥之"也可互换,甚至最后一句"福禄绥之"完全相

同,而《鸳鸯》的诗义又相当明确:

> 鸳鸯于飞,毕之罗之。君子万年,福禄宜之。
> 鸳鸯在梁,戢其左翼。君子万年,宜其遐福。
> 乘马在厩,摧之秣之。君子万年,福禄艾之。
> 乘马在厩,秣之摧之。君子万年,福禄绥之。

> 鸳鸯鸟儿成双飞,张起罗网捕回来。君子传宗接代万年长,福禄双全享安康。
> 鸳鸯栖息在河梁,相偎相依入梦乡。君子传宗接代万年长,洪福久远享安康。
> 乘马栓在马棚里,有草有料养得壮。君子传宗接代万年长,福禄奉养家兴旺。
> 乘马栓在马棚里,有草有料养得肥。君子传宗接代万年长,福禄双全家安绥。①

至此,以《大雅·旱麓》、《小雅·鸳鸯》与《樛木》互证,"福履"的意思当是"福禄"或"福气"无疑,与上下文也全能贯通无碍,释之为"蒇历"应是求之过深了。

【字义】

[1]樛(jiū)木:主流解释是向下弯曲的树,也有说樛木就是高大乔木,但无论是哪个意思,"葛藟攀援高树"和"高树扶

---

① 译文用《诗经鉴赏辞典》,金启华等主编,安徽文艺出版社,1990年,第584-585页。

助葛藟"这一对意象都不会受到影响。

[2]葛藟(lěi)：葛藤。

[3]葛藟累之，葛藟荒之，葛藟萦之：这三句的累、荒、萦是同义递进的关系。累的本义是系连；荒是指草掩盖住土地（现在我们说一块农田抛荒了，并不是说这块地寸草不生，而是说它因为无人耕种而被杂草遮掩了，仍是古义），这里引申为葛藤掩盖了树干；萦是指收卷长绳、重叠加环，这里是说葛藤对树干重重环绕。

[4]乐只君子："只"是语助词；"君子"是对贵族男子的美称，君子与小人之别原本只是身份上的，而不是道德上的。

螽斯

螽斯羽，诜诜兮。宜尔子孙，振振兮。
螽斯羽，薨薨兮。宜尔子孙，绳绳兮。
螽斯羽，揖揖兮。宜尔子孙，蛰蛰兮。

【大意】

蝈蝈成聚数量多，你的子孙多兴盛。
蝈蝈成聚齐声鸣，你的子孙代代传。
蝈蝈成聚数量多，你的子孙多兴旺。

【考释】

《螽斯》这首诗的难点，首先在于所谓螽斯到底是什么东西，是蝗虫还是另外的什么昆虫；其次是全诗的六个重言词（诜诜、振振、薨薨、绳绳、蛰蛰）究竟是什么意思；第三是"宜尔子孙"的"尔"到底指人还是指螽斯。对以上任何一点的理解有差异都会影响到对全诗主旨的理料，何况还有断句问题、"宜"字的训读问题等等，无不在增加着这首篇幅短小、形式简单的诗歌的复杂性，至今依然聚讼纷纭、没有定解。

螽斯图。[清]高侪鹤《诗经图谱慧解》卷一，康熙四十六年手稿本。这幅图画仍是写意的手法，画面上宫阙、妻妾、螽斯的构图，体现着古人对《螽斯》的经典释义。原注："螽斯为椒宫蕃毓之祥，诗属比义，乃见众妾称愿。具此一段想像，故于无可摹状中聊以写照。"椒宫即后宫，后宫的墙壁在建造的时候常以花椒和泥，在建成之后不但会发出特殊的清香，花椒还象征着多子。

《螽斯》的主旨是什么，《毛诗》说是"后妃子孙众多也。言若螽斯不妒忌，则子孙众多也"，螽斯具有"不妒忌"的特性，所以繁殖能力极强，在《毛诗》以政治解诗的传统里，螽斯的这种品格成为后妃们学习的楷模。《毛诗正义》进一步阐发，引述《大雅·思齐》的"大姒嗣徽音，则百斯男"，周文王的妻子太姒就具备了这种突出的品质。

古人对《螽斯》和《思齐》常作这种理解，所以晋代刘聪把自己的居所命名为"螽斯则百堂"，表达的就是对子嗣兴旺的希望。但螽斯只是一种昆虫，所谓"不妒忌"的美德到底从何而来，这太经不起推敲了，以至于姚际恒径斥之为"附会无理"。[①]

《韩诗外传》另有一番道理，说孟子年少的时候，母亲一边织布一边听他背书，听到他书背得不熟，便用刀割

① [清]姚际恒《诗经通论》卷一。

诗经讲评之风人深致

断了正在织的布匹以为训诫。还是在孟子年少的时候，邻居杀猪，孟子问母亲："邻家杀猪做什么？"母亲说："是杀来给你吃的。"随后母亲就后悔了，自言自语道："我怀这孩子的时候，席不正不坐，割不正不食，作足了胎教功夫，今天却骗了他，岂不是教他不诚实么！"于是就当真向邻家买了猪肉给孟子吃，以示不欺。《韩诗外传》在故事的结尾处说："《诗》曰：'宜尔子孙绳绳兮。'言贤母使子贤也。"①

　　另一则故事说：田子官居相国，三年后退休，得金百镒，以此献给母亲。母亲问道："这些金子是怎么来的？"田子答道："这是儿子的俸禄。"母亲却说："你为相三年，难道不用吃饭吗？积了这么多钱，可见你是怎么做官的，这不是我想要的。孝子侍奉双亲，尽力致诚而已，不义之财不拿回家。你快把这些金子拿走。"田子很惭愧，上朝交还百镒之金，请求国君惩治自己。国君为田子之母的大义所动，便赦免了田子之罪，再次任他为相，把金子赐给了田子的母亲。《韩诗外传》再次归结说："《诗》曰：'宜尔子孙绳绳兮'，言贤母使子贤也。"②

　　《韩诗外传》的解释，显然在以战国以后的社会情形阐释《诗经》，田子的故事分明反映着战国时代才流行起来的聘任制，算非周代前期的世卿世禄制。更要紧的是，以孟子和田子这两则故事来阐释《螽斯》，主旨都在于"贤母使子贤也"，与《毛诗》迥异，而且句读似当把"宜尔子孙绳绳兮"断为一句，不同于"宜尔子孙，绳绳兮"的常规断句。从《韩诗外传》的上

① 《韩非子·外储说》也有这个"杀猪"的故事，却发生在曾子身上，应是同一个故事的两个版本。
② 《韩诗外传》引《螽斯》"宜尔子孙绳绳兮"，许维遹据《诗考》改"绳绳"为"承承"。见许维遹《韩诗外传集释》，中华书局，1980年，第306页。

下文推断，"宜尔子孙绳绳兮"应当是"使你的子孙正直贤良"一类的意思，"绳绳"应当是一个带有褒义的形容词。

朱熹《诗集传》基本沿袭《毛诗》，强调了"比"的手法，说："比者，以彼物比此物也。后妃不妒忌而子孙众多，故众妾以螽斯之群处和集而子孙多比之。言其有是德而宜有是福也。"朱熹这个说法，也就是把《螽斯》的作者定为"众妾"，以至于邹肇敏驳斥说："朱子以《关雎》为宫人作，《樛木》《螽斯》为众妾作，岂当时周室充下陈者，尽如班姬、左贵嫔、上官昭容之流耶！"①

近现代以来，旧解渐被抛弃。高亨《诗经今注》以新时代的政治观阐释《螽斯》，主题骤然一变："这是劳动人民讽刺剥削者的短歌。诗以蝗虫纷纷飞翔，吃尽庄稼，比喻剥削者子孙众多，夺尽劳动人民的粮谷，反映了阶级社会的阶级实质，表达了劳动人民的阶级仇恨。"②陈子展《诗经直解》从戴震"《螽斯》，亦下美上也"一句话出发，推断这首诗是奴隶社会的民间歌手对主子的明颂暗讽，因为诗的语气虽是颂扬，却以害虫作比。③——这个解释虽然未必正确，却点出了《螽斯》诗中一个很让人困惑的问题，即为什么用害虫来比喻一件美好的事。

程俊英《诗经注析》则避开了这个难题，只是说："这是一首祝人多子多孙的诗。诗人用蝗虫多子比喻人的多子，表示对多子者的祝贺。"④这是现在比较主流的解释，其他的解释比如说《螽斯》是小孩子逗弄蝈蝈的儿歌（刘毓庆，1998），或

---

① [清]姚际恒《诗经通论》卷一。

② 高亨《诗经今注》，上海古籍出版社，1980年，第7页。

③ 陈子展《诗经直解》，复旦大学出版社，1983年，第13页。

④ 程俊英《诗经注析》，中华书局，1991年，第15页。

是以螽斯为圣物的祭词（张岩,1991),莫衷一是。

要辨析这些争议，首先要搞清楚螽斯到底是一种什么东西。于此首当其冲的问题是:所谓螽斯,是完整的一个专有名词,还是单独称"螽"即可,"斯"只是一个语助词? 这方面的论述很多,大略来说有两种主要的解释:一是释螽斯为蝗虫,二是释螽斯为蝈蝈。

《春秋》常有对"螽"的记载,大多发生在秋天。"螽"既然被史官郑重其事地多次记录在案,应该是蝗灾才对。

如果取蝗虫的解释,就避不开前边出现过的一个问题:在农业社会里,蝗虫给人带来的是毁灭性的打击（南宋楼钥《酺神》讲除灭蝗灾,即用《诗经》典故说:"惟尽除振振揖揖之灾,庶几有薨薨芃芃之望"。在这一个对偶句里,出句"振振揖揖"出自《螽

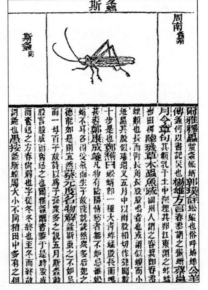

螽斯。[清]徐鼎《毛诗名物图说》。书中以为螽斯就是斯螽,是蝗属,有大有小,稻田多见。在引述的各类记载里,《春秋·文公三年》有"雨螽于宋",这是秋天发生的事,《公羊传》解释说:"雨螽者何? 死而坠也。"看来这一年发生过一场奇异事件,死去的螽斯在宋国境内从天而降,好像下雨一样。《左传》也说"秋,雨螽于宋,队而死也",但《穀梁传》的解释不同, 说:"灾甚也。其甚奈何? 茅茨尽矣。著于上,见于下,谓之雨。"

《春秋》常有"螽"的记载,大多发生在秋天。"螽"既然被史官郑重其事地多次记录在案,应该是蝗灾才对。

斯》，指代蝗虫，对句"薿薿芃芃"—出《甫田》"黍稷薿薿"，一出《载驰》"芃芃其麦"，指代丰收），[1]所以《螽斯》用蝗虫作为喻体，就不大可能是歌颂或祝贺的意思。但如果按陈子展说的"明颂暗讽"，一定要满足一个前提，即统治者确实很愚蠢，以至于听不懂诗里的讽刺。

如果取蝈蝈的解释，害虫的色彩自然远较蝗虫为逊。若螽斯和《豳风·七月》所谓的斯螽属于一类的话，那么从"五月斯螽动股，六月莎鸡振羽"这样的诗句来看，这种昆虫并没有给人类带来太多的恶感。

再从"螽斯羽，诜诜兮"来看，如果把"诜诜"断为象声词，那么"螽斯羽"就意味着螽斯以翅翼发声，而以现代的昆虫知识来看，飞蝗科的昆虫是以股相切而发声，螽斯科的昆虫才是摩擦翅膀发声，蝈蝈就是后者的典型，尽管古人是否对这种细微的区别搞得那么清楚，这是大有疑问的。

至于"诜诜"等六个重言词到底是什么意思，迄今聚讼纷纭。我们不妨关注一处常被疏忽的地方：据《广雅》，"羽"还有"聚"的意思，如果我们再把六个意义不明的重言词省略，把螽斯之"斯"视做语助词，[2]这首诗就会被简化为这样一句："螽之聚，宜尔子孙"，以螽这种昆虫的聚集来比喻人的子孙满堂，正是一首祝寿的歌谣。

历来把"羽"释为翅膀，但螽斯的翅膀如何与"宜尔子孙"发生联系，实在很难确定。有的注本译作"蝗虫的翅膀，排得

---

① [宋]楼钥《攻媿集》卷四十九。
② [清]姚际恒《诗经通论》卷一："螽斯"之"斯"，语辞，犹"鹿斯"、"鶯斯"也。《豳风》"斯螽动股"，则又以"斯"居上，犹"斯干"、"斯稗"也；不可以"螽斯"二字为名。另见孙嵘《西园随笔》五经类，"螽斯"条。

密密满啊。你多子又多孙，家族真兴旺啊。……"①把翅膀"密密满"的外形联系"多子又多孙"，且不论训诂上的依据，单从句意来看已经太过牵强了。再如周振甫的译本：

> 螽儿的翅膀，发出沙沙响。应该您的子孙，多得无可量。
> 螽儿的翅膀，飞得嗡嗡响。应该您的子孙，相继无可量。
> 螽儿的翅膀，发出响唧唧。应该您的子孙，多得称密集。②

以翅膀发出的声音或比或兴人家的子孙满堂，其间建立不起任何联系，除非把诜诜、薨薨、揖揖一概释做象声词，并且不是表示单只螽斯的声音，而是许多螽斯发出的声音，才能以螽斯的齐唱或比或兴人家的子孙满堂。

但这只是推测，找不到任何证据，也没有古训的支持。如果训羽为聚，螽斯的聚集与人家的子孙满堂却有着相当适宜的联系，不但句意贯通，诜诜、薨薨、揖揖无论是形容词还是象声词都不会影响语义的流畅。

至于"宜"字，历来主要有两种解释：一是训宜为多，"宜尔子孙"即"多尔子孙"；③二是训宜为善，前文引《韩诗外传》用的就是这个意思，即"《诗》曰：'宜尔子孙绳绳兮'，言贤母使子贤也。"以《周南》内证来看，《螽斯》的"宜尔子孙"和《桃夭》的"宜其室家""宜其家室""宜其家人"应当是一个意思。王引之《经传释词》以为"宜"是语助词，"宜尔子孙"即"尔子孙"，文义贯通，可备一说。

① 金启华等主编《诗经鉴赏辞典》，安徽文艺出版社，1990 年，第 12 页。
② 周振甫《诗经译注》，中华书局，2002 年，第 8 页。
③ [清]马瑞辰《毛诗传笺通释》，中华书局，第 52 页。

螽斯

而诜诜、振振、薨薨、绳绳、揖揖、蛰蛰、这六个重言词是理解《螽斯》的一大难点，至今主要的两种解释：一是训之为形容词，二是训之为象声词。如《毛传》的解释是："诜诜，众多也""振振，仁厚也""薨薨，众多也""绳绳，戒慎也""揖揖，会聚也""蛰蛰，和集也"。今人多释做蝗虫或蝈蝈翅翼的声音，是象声词。在《诗经》里寻找内证，"诜诜"仅此一见，"振振"另见于《周南·麟之趾》"麟之趾，振振公子，于嗟麟兮"，《召南·殷其雷》"振振君子，归哉归哉"，《鲁颂·有駜》"振振鹭，鹭于下。鼓咽咽，醉言舞"。《麟之趾》的"振振"依三家诗作"振奋有为貌"，倒是可以贯通上下文。

即便这个解释有误，但至少可以断定这里的"振振"不会是象声词，《殷其雷》的"振振"同理，《有駜》的"振振"较难确定。从文法看，鼓之"咽咽"确有几分象声词的可能，那么基本处于对应位置的"振振"或许也是象声词，而《毛诗》的解释则是"群飞貌"。总之，以《诗经》内证看，"振振"作为象声词的可能性虽然不能完全排除，但更不能确指。

在其他典籍里寻找例证，《左传·僖公五年》记载一首童谣，有"均服振振"一句，杜注"振振"为"盛貌"，孔疏"振振然而盛"。联系上下文，这是在说一个作战的时刻里，所有人都穿着同样的戎装，一派声势浩大的样子。以这个意思来释《诗经》中的所有"振振"，都能通畅无碍。

"薨薨"，《齐风·鸡鸣》有"虫飞薨薨"，可以确定为象声词；《大雅·绵》有"度之薨薨，筑之登登，削屡冯冯"，也可以确定为象声词。

"绳绳"，《大雅·抑》有"子孙绳绳"，所以绝不会是象声词，释做"慎戒的样子"倒是可以贯通上下文，即便这个解释不能确证,至少可以确认"绳绳"当是形容词。通行本《老子》第十四章有"绳绳兮不可名",稍晚的材料里有《管子·宙合》"故君子绳绳乎慎其所先",《淮南子·缪称训》"末世绳绳乎唯恐失仁义","绳绳"也都作形容词用,应当是形容绵延不绝的样子。朱熹《诗集传》释为"不觉貌",应是确诂。

至于"揖揖"、"蛰蛰",《诗经》里仅在《螽斯》有一见,而《鲁诗》、《韩诗》均作"集集"。看来"揖揖"或许是"集集"的假借,如此则可以排除象声词的可能性。后世的材料里,如欧阳修《别后奉寄圣俞二十五兄》有"我年虽少君,白发已揖揖","揖揖"显然是作形容词用,这里当是形容白发已多的样子;李贺《感讽》第五首有"侵衣野竹香,蛰蛰垂叶厚","蛰蛰"显然也作形容词用,大约是"茂盛"的意思,但已经无法确定这些例子是不是由《螽斯》的汉唐古训而来的用法,也就没有太大的说服力了,只可作为参考。

螽斯

桃夭

桃之夭夭,灼灼其华。之子于归,宜其室家。
桃之夭夭,有蕡其实。之子于归,宜其家室。
桃之夭夭,其叶蓁蓁。之子于归,宜其家人。

【大意】

美丽的桃树上盛开着桃花,这位姑娘出嫁了,美满的新生活开始了。

美丽的桃树上结出了桃子,这位姑娘出嫁了,美满的新生活开始了。

美丽的桃树上枝繁而叶茂,这位姑娘出嫁了,美满的新生活开始了。

【考释】

《桃夭》也是《诗经》中的名篇,传统解释主要认为这是反映国君夫人的德行化及下民,使国中男女各得婚配,没有打光棍的。但仅从文本来看,绝对读不出这个意思。所以有人便提出质疑,说这首诗只不过是用桃树的美丽来比喻诗中女子的美丽,而且桃树开花结果,也象征着女子发育成熟,该谈婚论嫁了。进而言之,《桃夭》也许是一首婚礼上的庆贺诗。

但是,前文已经讲过,先秦时代的婚礼是比较低调的,在黄昏悄悄进行,也没有嘉宾祝贺的规矩,如果把《桃夭》作为一首喜气洋洋的贺婚诗,显然不合于先秦礼俗。如果说诗意与女子出嫁有关,应该也只是泛泛而言,或是纯粹的民谣,或是某种祭祀仪式上的用诗,并非婚礼的专用。

首句"桃之夭夭"后来被人用谐音而作"逃之夭夭",[①]成为一个广为人知的成语,但"桃之夭夭"的本义却很难搞清。

一般认为,"夭"是"少好貌"(朱熹),也就是又年轻、又漂亮,于是"桃之夭夭"就是说桃树正在茁壮成长的阶段,丰姿撩人,正适合比喻出嫁的女子。但"少好"以一个字兼有"少"和"好"的意思,不符合古人造字的规矩,再说又哪有表示"壮好"或"老好"的单字呢?

"夭"确实有"少"的意思,比如小孩子死了叫"夭折",这种用法在先秦古籍也能找到若干例证。那么,我们把"好"的意思去掉,说"桃之夭夭"就是"桃树正当年",这样可以吗?

在回答这个问题之前,先讲讲另一个问题:"笑"是人类独有的表情,但为什么是竹字头呢,似乎于理不合? ——宋人咏竹,常说竹子在笑,比如苏轼《笑笑先生赞》:"竹亦得风,夭然而笑",曾几《种竹》:"风来当一笑,雪压要相扶"。竹子为什么会笑,出处在徐铉校订《说文》时把"笑"字增入"竹"部,

---

① 据《韩诗外传》卷十,桃有亡义:齐桓公出游,遇一丈夫,褻衣应步,带着桃殳。桓公怪而问之曰:"是何名? 何经所在? 何篇所居? 何以斥逐? 何以避余?"丈夫曰:"是名二桃,桃之为言亡也。夫日日慎桃,何患之有? 故亡国之社,以戒诸侯;庶人之戒,在于桃殳。"桓公说其言,与之共载。

并用李阳冰的解释："竹得风，其体夭曲，如人之笑。"从此宋人便以"夭"为笑的样子，但仅限于形容竹子。而在此之前，唐太宗《咏桃》有"向日分千笑，迎风共一香"，说桃花向着太阳张开了千朵笑脸，这显然是描写桃花盛开的样子。再往前追溯，《说文》里的"笑"原本是草字头的，只因隶书的草字头和竹字头互用，这才被人搞混了，把"笑"字归入了"竹"部。

原本的"笑"字是草字头下面一个"夭"，即"桃之夭夭"的"夭"。《说文》引《桃夭》时，"夭"字作"大"，释做女子的笑容。一切从此滥觞，我们现在用的"笑"字就是"竹"与"夭"如此一番的结合。

新问题于是又出现了，既然"夭"指的是女子的笑容，则"桃之夭夭"便不可能指桃树在笑，而只能是桃花在笑。唐人多以"笑"比喻花开，如李商隐"夭桃唯是笑，舞蝶不空飞"，出处就在这里。①

至此，问题似乎明朗了，把"桃之夭夭"解做"桃花盛开，如同女子的笑颜"，这样可以吗？这和前边把"桃之夭夭"解做"桃树正当年"，到底哪个对呢？

恐怕两个都不对。仍然从古人造字、用词的规矩来说，把一个字重叠来用，未必就还是表达这个字原本的意思。清代文字学家朱骏声讲过这种情况，认为叠用的情况只是借助这个声音来表达某个意思，并没有本字的意思。比如《卷耳》里边的"采采卷耳"，这个"采采"和单独一个"采"字的意思并没有什么关联。《诗经》里只有"燕燕于飞"、"子子孙孙"这样名词性的叠字（重言）其叠用之后的意思才和本字有关。

---

① 钱钟书《管锥编》，中华书局，1979 年，第 70-72 页。

再如《郑风·子衿》里的"青青子衿,悠悠我心"、"青青子佩,悠悠我思",这个"青青",《毛诗》就按单字的意思来解。于是"青青子衿"就是青领,"青青子佩"就是青组绶,而"青青"实则是"茂盛"的意思,或作"菁菁",形容衣饰是指盛装,与单字的"青"并没什么关系。至此可以得知,"夭夭"和"夭"也不会有什么关系。①

那么,"桃之夭夭"到底何解,这就很难说清了。《论语》里讲孔子的家居生活,说他"申申如也,夭夭如也",前辈们始终也没弄清这到底是什么意思。但是,无论从《诗经》其他篇目里"夭夭"的用法来看,还是从本篇的上下文来看,或是从《论语》对孔子的描述来看,这个词所表达的意思一定是正面的。

"桃之夭夭,灼灼其华","华"就是"花"。"华"是本字,"花"是俗字,是六朝以后才有的字。

桃树很漂亮,桃花很鲜艳,接下来就是"之子于归,宜其室家",通常的解释是说"这个姑娘出嫁了,美满姻缘做成了"。接下来的两节重叠反复,只是换了几个字眼而已,大有民谣风情。三节都是以桃树起兴,花儿开得艳、果儿长得大、叶子生得密,桃树的这些特点对应在新娘身上会让人产生又漂亮又能生育的联想。但这花、果、叶肯定不是写实,因为桃树的开花和结果显然不在同一时间。有人以桃花盛开之时正是农忙季节、周人并不在此时结婚为据,论说《桃夭》并非贺婚诗,尽管结论是对的,但这个推理实在把诗人的起兴想得太实在了。

桃夭

---

① 朱广祁《重言的性质与释义问题》,《文史哲》,1986年第4期。

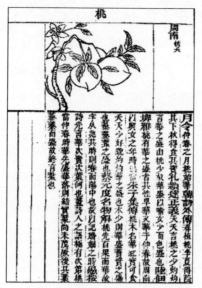

桃夭。[清] 徐鼎《毛诗名物图说》。这副图更突出的不是"灼灼其华",而是"有蕡其实",看来在这位画家的理解中，女人的生育能力远比相貌重要。而以文学的眼光来看，清代学者姚际恒在《诗经通论》里评价《桃夭》说："桃花色最艳，故取以喻女子，开千古词赋咏美人之祖。"

《本草纲目》分析"桃"的造字涵义说："桃性早花，易植而子繁，故字从木。十亿曰兆，言其多也。"这个解释很可能并不符合原意，《说文》释之为"从木，兆声"，如此则"兆"是声旁，而非会意，但古人或从桃的繁茂联想到人的繁衍，倒是情理之中的。

且不论《周礼》的乌托邦性质，即便这一记载属实，恰恰说明了仲春时节并非正常的婚嫁时令，王肃便以《诗经》详证其非，见《周礼注疏》。①

---

① [汉]郑玄/注，[唐]贾公彦/疏《周礼注疏》卷十四：王肃论云："吾幼为郑学之时，为谬言寻其义，乃知古人皆以秋冬。自马氏以来，乃因《周官》而有二月。《诗》'东门之杨，其叶牂牂'，毛传曰：'男女失时，不逮秋冬。'三星，参也，十月而见东方，时可以嫁娶。"又云："时尚服务须合昏因，万物闭藏于冬，而用生育之时，娶妻入室，长养之母，亦不失也。孙卿曰：'霜降逆女，冰泮杀止。'《诗》曰：'将子无怒，秋以为期。'《韩诗传》亦曰：'古者霜降逆女，冰泮杀止，士如归妻，迨冰未泮。'为此验也。而玄云'归，使之来归于己，谓请期时'。来归之言，非请期之名也。或曰亲迎用昏，而曰'旭日始旦'，何用哉？《诗》以鸣雁之时纳采，以感时而亲迎，而《周官》中春令会男女之无夫家者，于是时奔者不禁，则昏姻之期非此日也。《孔子家语》曰：'霜降而妇功成，嫁娶者行焉。冰泮而农业起，昏礼杀于此。'又曰：'冬合男女，秋班时位也。'"

《淮南子·诠言训》有"羿死于桃棓"，高诱注："棓，大杖，以桃木为之，由是以来鬼畏桃也"。桃木有驱鬼辟邪的作用，这个说法看来由来已久。《桃夭》是否与此有关，"桃之夭夭"是否和桃木这种神秘的护佑作用有关，虽无确证，却不妨稍作联想，以备一说。

【字义】

[1]之子于归：直译就是"之（这个）子（女子）于归（出嫁）"。"归"在先秦的语意里非常复杂，既指出嫁，也指回娘家（归宁父母）。"归"还有"鬼"的意思，所以有人把这句话释做"丧夫女子哭送丈夫精魂时的唱词"，"桃"也不再是一个美好的比喻美丽新娘的形象，而是驱鬼辟邪之物（如同道士手里的桃木剑），于是全诗的主旨就变成了"《桃夭》这首诗是先民进行驱鬼祭祀时的唱词，开头

桃夭图。[清]高侪鹤《诗经图谱慧解》卷一，康熙四十六年手稿本。原注："《周礼》仲春令会男女，盖桃有华时也。物象既昭，昏因正始，化行俗美于斯见矣。"这个说法出自《周礼·地官司徒·媒氏》："中春之月，令会男女。于是时也，奔者不禁。若无故而不用令者，罚之。司男女之无夫家者而会之。"是说仲春时节由政府出面令男女成婚，这时候就算有私奔的也不加禁止，而对该嫁娶却无故不嫁娶的加以处罚，对那些过了结婚年龄却尚未成婚的男女要帮助他们成婚。

且不论《周礼》的乌托邦性质，即便这一记载属实，恰恰说明了仲春时节并非正常的婚嫁时令，王肃便以《诗经》详证其非，见《周礼注疏》。

桃夭

先以繁茂的桃树起兴，表面在说随风摇曳的桃树十分繁茂，其实是在暗示鬼魂，如果不乖乖离开人间，回到其归处，将会用桃树驱赶它。接下来两句则好言相劝，劝鬼魂回到归处，保佑和赐福他的家人。"①可备一说。

[2]有蕡(fén)其实："蕡"通常被释为"大"，于省吾认为这个字其实是"斑"，是指桃子成熟时候红白相间的样子。②

【杂识】

《桃夭》的英译与意象派

诗到底是可译的还是不可译的，这看似只是一个简单的翻译问题，实则关系到诗歌的本质。也就是说，可译与否会成为诗歌区别于散文、小说等等文学形式的一个重要指标。

雪莱在《诗辩》里作过一个著名的比喻，说把一首诗从一种语言翻译成另一种语言，就如同把一朵紫罗兰投入坩埚，企图由此探索它的色彩与香味的构成原理。美国的桂冠诗人弗罗斯特也有过一句名言：所谓诗，就是翻译之后失去的东西。

这样看来，诗应该是没法被翻译的东西，但并不是所有人都这样看。文学翻译大师杨宪益就走在另一个极端上，毛泽东曾经觉得《楚辞》和外国的东西都不一样，是没法翻译成外文的，但做过《楚辞》英译的杨宪益回答说：什么东西都可以翻译，《楚辞》也不例外。

① 张素凤、杨洲《〈诗·周南·桃夭〉新解》，《河北大学学报》(哲学社会科学版)，2008年第3期。

② 于省吾《泽螺居诗经新证·泽螺居楚辞新证》，中华书局，2003年，第5页。

如果什么东西都可以翻译,《诗经》自然也可以翻译;如果诗是无法翻译的,也会有诗人式的翻译。前者我们可以看看杨宪益自己的《诗经》英译,后者我们可以看看美国意象派诗人埃兹拉·庞德(Ezra Pound)的创造性的翻译。

杨宪益的翻译是相当忠实于原作的:

The peach tree is slender and sturdy.

Flaming red are its blossoms.

The girl is getting married,

Most suitable for the house.

The peach tree is slender and sturdy.

Luscious and abundant is its fruit.

The girl is getting married,

Most suitable for the home.

The peach tree is slender and sturdy.

Exuberant and green are its leaves.

The girl is getting married,

Most suitable for the family.

庞德的翻译却是极不尊重原作的。庞德本人并不懂得汉语,但他是一位诗坛泰斗,鼓动着当时美国出现的意象派诗歌风潮,从中国古典诗歌中寻找着灵感和依据。因为中国诗歌一直就有意象派的传统,比如"楼船夜雪瓜洲渡,铁马秋风大散关",没有一个动词、没有一个形容词、没有具体的语意

桃夭

所指、名词也都是中性的,传达出来的意象却很是耐人琢磨。这就是西方所谓的意象派,也属于零度诗。再如最受庞德激赏的李白的《玉阶怨》:"玉阶生白露,夜久侵罗袜。却下水晶帘,玲珑望秋月。"通篇没有一个"怨"字,仿佛只是诗人随意拍下的一张照片,却把宫女的哀怨淡淡地烘托了出来。

文艺作品的一个一般规律是:歧义空间越大,作品就越显深度。比如儿童读物里总要在一个故事结束之后总结一句:"这个故事告诉我们……",这就完全没有歧义空间,青年人爱看的励志读物也沿袭了这个风格,但是纯文学作品却常常让人读过之后产生众多的、甚至是互相冲突的想象,越琢磨内涵就越丰富,这也是纯文学势必脱离大众的道理所在。

再如电影、音乐一旦配合画面,往往会产生很明确的语义指向。所以商业片会大量使用音乐,观众看起来就不需要思考;而艺术片很少使用音乐,为的就是避免过于明确的语义指向,营造歧义空间,让观众仔细思考和体会。

这种意象化的作品,是一种艺术形式相当发达之后才会有的。回到诗歌来说,意象派的诗歌就是诗歌人文化、艺术化之后才有的,《诗经》这种早期诗歌还多是有着明确的语意指向的。比如《关雎》就是"窈窕淑女,君子好逑",《卷耳》就是"我姑酌彼金罍,维以不永怀",《桃夭》就是"之子于归,宜其室家",我们之所以有很多疑难问题,并不是因为歧义空间的存在,而是考据上的麻烦。

中国那些没有意象派名目的意象派诗歌给了美国意象派诗人们大把的灵感,比如庞德最有名的作品《地铁车站》(In a Station of the Metro)就是非常中国化的,全文只有两句,没用一个动词:

The apparition of these faces in the crowd;

Petals on a wet, black bough.

作为一位意象派的诗歌泰斗,庞德把意象派风格也带入了译诗领域。他在翻译《诗经》的时候,就把意象派的味道带到了原本朴实得多的中国早期歌谣里去, 与其说是翻译,不如说是再创作了。比如这首《桃夭》的译文:

O omen tree, that art so frail and young,

so glossy fair to shine with flaming flower;

that goest to wed

and make fair house and bower;

O omen peach, that art so frail and young,

giving us promise of such solid fruit,

going to man and house

To be true root

O peach-tree thou art fair

as leaf amid new boughs;

going to bride:

to build thy man his house.

庞德等人从中国中古时代的诗歌吸收养分,开创了英语诗歌中的意象派,又通过翻译把意象派的风格注入中国的上古诗歌, 而中国的不少白话诗人又从庞德等人身上吸收养分,这个过程也算曲折了。

桃
夭

除了在艺术手法上向中国古典作品取经之外，庞德更为醉心的是孔子的思想。——"庞德在 1930 年说：'多少年来我一直告诉询问者去读孔子和奥维德。'到了 1934 年，他的信仰变得越来越专一，他说：'我信仰《大学》。'1945 年他以叛国罪被引渡到美国，在监狱心理医生询问他时，他仍然相信儒教能够为'未来世界的秩序提供蓝图。'"①

但是，正如语言的特性是无法被彻底移植的，无论是西洋化的中国诗还是中国化的西洋诗，常会在文化传统、思维定式上露出本土的马脚。庞德著名的《诗章》里，第八章中用诗歌语言重新表述过《"国风"小考》里讲到的《论语》中那个"浴乎沂，风乎舞雩，咏而归"的故事，当孔子的弟子们各自说出自己的理想之后，庞德版的孔子给出了一句总结式的评语："每个人说的都对，因为他们都遵循了自己的本性"。——这句话是庞德自己加的，美国人接受起来一定不会有任何困难。

---

① 蒋洪新《英诗新方向——庞德、艾略特诗学理论与文化批评研究》，湖南教育出版社，2001 年，第 76 页。

兔罝

肃肃兔罝,椓之丁丁。赳赳武夫,公侯干城。

肃肃兔罝,施于中逵。赳赳武夫,公侯好仇。

肃肃兔罝,施于中林。赳赳武夫,公侯腹心。

【大意】

捕虎的罗网整整齐齐,打桩的声音叮叮当当。雄赳赳的武士呀,是公侯的卫士。

捕虎的罗网整整齐齐,安置在高平之地。雄赳赳的武士呀,是公侯的伙伴。

捕虎的罗网整整齐齐,安置在树林的中央。雄赳赳的武士呀,是公侯的心腹。

【考释】

这首《兔罝》,《毛诗》照例解释为"后妃之化",理由是:《关雎》把良好的道德风气化行天下,于是人人都追求个人品德的修养,社会上贤人众多。《郑笺》和《毛诗正义》再作阐释,说设置罝网捕兔子这是鄙贱之事,但诗中之人在做这个鄙贱之事的时候，非但没有轻率敷衍，反而恭恭敬敬、一丝不苟，由此可以见微知著，看来这个社会风气很好，到处都是贤人。朱熹《诗集传》也延续着这个解释，这就是古代最主流的《兔罝》之义。继续发挥之，就如宋人唐仲友《诗解钞》那样的道德训诫："为善之至，虽幽闲僻陋有所不欺；为不善之至，虽通都大邑有所不畏"，前者即"肃肃兔罝，施于中林"，后者即"鲁道有荡，齐子岂弟"。[①]但是，如何能从"后妃之化"合乎逻辑地推导出这些意思，古人也不都能信服。[②]

《韩诗》则给出了另一种解释：殷纣王时代，贤人隐居山林，设网捕捉禽兽来吃，过着荒蛮清苦的日子，周文王就是从中发现了闳夭、泰颠，并委以重任的。

《韩诗》的这个说法也见于《墨子·尚贤》，后者详尽的上下文正好是对前者最好的解读：古代圣王的治国风格是任贤崇德，所以哪怕是种田的人、手工艺者甚至商人，只要有能力就会得到提拔，就会得到高官厚禄和决策的权力。官爵如果不高，民众就不会尊敬；俸禄如果不厚，民众就不会信服；缺乏决策的权力，民众就不会畏惧。所以，以这三种东西授予贤人，不是为了赏赐他们的贤德，而是为了做事。所以才要根据一个人的德行来授予他官爵，根据官爵确定他的职责，根据他的功劳给予奖赏。这样一来，官员就不会永远富贵，民众也不会永远贫贱。有能力的就提拔他，没能力的就罢免他。所谓"举公义、辟私怨"，说的就是这个意思。所以古时尧在服泽之

----

① [宋]唐仲友《诗解钞》，《续修四库全书》，第56册，第288页。
② 参见[明]朱睦㮮《五经稽疑》卷三《兔罝》条：《兔罝》序曰"后妃之化也"，夫兔罝，乃田间野夫所为，皆贱者之事，即它日为公侯之干城腹心，亦非后妃德之所致。此当云文王之化行，则无不好德，贤人众多也。大抵二南之诗多归之后妃，此《序》之失也。

阳举用了舜，禹在阴方之中举用了伯益，商汤在庖厨之中举用了伊尹，周文王在"罝罔之中"举用了闳夭和泰颠，天下无不因此而大治。

由此推想《韩诗》说的由来，大约就是从《墨子·尚贤》这一句"文王举闳夭、泰颠于罝罔之中，授之政，西土服"附会而来的，只缘一说"罝罔"，一说"兔罝"。至于《墨子》的说法有什么根据，这就很难考证了，毕竟这段里谈到的所谓服泽之阳、阴方之中再不见于其他典籍，只是前代学者宅心仁厚，相信作者言必有据罢了。①

但从逻辑上看，《墨子》与《韩诗》的说法都很难解释《兔罝》，因为兔罝并不是捕兔子的罗网，而是捕虎的罗网，这无论从文字训诂上看，还是从贯通全诗文意来看，都是可以确定的——退一步

兔罝。[晋]郭璞《尔雅音图》，嘉庆六年影宋绘图本重模刊，艺学轩藏版。上图"鸟罟谓之罗"，下图"兔罟谓之罝"，从画面来看，画家是把兔罝当作捕兔子的细网。《释器第六》章解释说："罝犹遮也"。

---

① 参见张纯一《墨子集释》，成都古籍书店，1988年，第48-49页。

兔罝图。[清]高侪鹤《诗经图谱慧解》卷一,康熙四十六年手稿本。这幅图有些磨灭不清,图注也完全缺失了,只是从画面上的院墙来看,似乎画的是一个大户人家的花园,不知道这是怎么理解《兔罝》的。

说,即便兔罝还不能确证为捕虎的罗网,但至少可以肯定是捕捉猛兽而非兔子这种小动物的,否则"赳赳武夫,公侯干城"之类雄浑浩荡的描写便没了着落。而闳夭和泰颠只是不满于殷纣暴政而隐逸山林的隐士罢了,设网捕猎不过是为了谋口饭吃,说他们兴趣盎然捕捉猛虎显然于理不合。

现代学者完全抛弃了旧说,释《兔罝》为赞美猎人的诗歌,是猎人的"劳者歌其事",甚或推论出"盖奴隶制社会已有武士一阶层为奴隶主之爪牙矣",[1]这又有些矫枉过正了。

周代社会很难说是奴隶制社会,中国古史并不能对应于这一套西式的社会分期。从周代社会结构来看,所谓"赳赳武夫,公侯干城","赳赳武夫,公侯好仇","赳赳武夫,公侯腹心",这些"武

① 陈子展《诗经直解》,复旦大学出版社,1983 年,17 页。

夫"显然是低等贵族,属于大夫以下的士的阶层。《左传·桓公二年》师服语:"故天子建国,诸侯立家,卿置侧室,大夫有贰宗,士有隶子弟,庶人、工、商,各有分亲,皆有等衰,是以民服事其上而下无觊觎",这里描述的就是当时由上到下的社会分层,自士以下就属于庶人了,而士这个阶层虽然和国君的血缘远了,但多少还是沾亲带故的,言行举止仍然受到礼制的约束,而不像庶人那样被排除在礼制之外。

国家遇到战事,士需要承担保家卫国的义务,在一国之祖庙领受武器,组成军队,共御外侮。①周代贵族接受六艺的教育,六艺之中包含御与射,孔子就很拿手,而且也教授这些——孔子主要教授的内容并不是文化知识。如果一个人既精于驾车又擅长射箭,就是《国语·晋语九》中所谓"射御足力则贤",是贵族子弟的典范。西周静簋铭文即记载周穆王让静教射,又在大池搞会考的事,这很可能就是以射猎为考试内容的。②

有战事就打仗,没战事就打猎,理论上说一年四季都该打猎,③但实际情况可能更加接近于《国语·周语》中虢文公对周宣王的进谏所谓"三时务农而一时讲武",④在冬天农闲的

---

① 《左传·隐公十一年》:郑伯将伐许,五月甲辰,授兵于大宫。

② 郭沫若:《两周金文辞大系》图版27,释文55。另参杨树达:《积微居金文说》,中华书局,1997年,第168-170页,第202-203页。赵英山:《古青铜器铭文研究》,台湾商务印书馆,第一册,第163-176页。

③ 《左传·隐公五年》:故春蒐、夏苗、秋狝、冬狩,皆于农隙以讲事也。三年而治兵,入而振旅,归而饮至,以数军实。

④ 各典籍记载互有出入,如《左传·隐公五年》载"春蒐、夏苗、秋狝、冬狩",《公羊传·桓公四年》载"春日苗,秋日蒐,冬日狩",《穀梁传》载"春日田,夏日苗,秋日蒐,冬日狩",诸家注释也各不相同。

时候对国人进行军事训练。打猎在一定程度上就相当于军事演习，①而另外一层意义是以猎物来祭神祭祖。周人所谓"国之大事，在祀于戎"，②而打猎和这两件国家头等大事全有联系。所以打猎不是玩，是正经事。打猎打得好，打仗应该就不会太差。《毛诗》曾说过"习于田猎谓之贤"，③而且打猎有一大堆礼仪需要遵守，维护礼制也就是维护政治稳定。

即便是秦汉以后，我们感觉儒家知识分子总在劝说皇帝不要耽于游玩打猎（那时候的打猎已经渐渐失去军事演习和祭神祭祖的性质了），其实并不尽然——《后汉书·马融传》收录了马融上奏的一篇《广成颂》，就是建议要把打猎活动恢复起来的。马融是东汉首屈一指的大儒，他眼见当时的儒生们力主文德、排斥武功，把政府忽悠得废止了田猎之礼和战阵之法，结果盗贼越发横行、肆无忌惮，所以《广成颂》就是针对这个问题而来的，认为文武之道不可偏废。④

"肃肃兔罝，椓之丁丁"说的不是捕兔而是捕虎，"赳赳武夫，公侯干城"说的不是乡野猎户而是一国之士，文义才可以贯通。《孔丛子》所载的《谏格虎赋》描绘的正是近似于《兔罝》的场面：

① 蓝永蔚：《春秋时期的步兵》，中华书局，1979 年，第 211 页。
②《左传·成公十三年》。
③ [汉]毛亨/传，[汉]郑玄/笺，[唐]孔颖达/疏《毛诗正义》《国风·齐风·还》。
④《后汉书·马融传》：而俗儒世士，以为文德可兴，武功宜废，遂寝搜狩之礼，息战陈之法，故猾贼从横，乘此无备。融乃感激，以为文武之道，圣贤不坠，五才之用，无或可废。元初二年，上广成颂以讽谏。

于是分幕将士，营遮榛丛，戴星入野，列火求踪。见虎自来，乃往寻从。张置网，罗刃锋，驱槛车，听鼓钟。猛虎癫邅，奔走西东。怖骇内怀，迷冒怔忪。耳目丧精，值网而冲。局然自缚，或只或双。车徒抃赞，咸称曰工。乃缚以丝组，斩其爪牙，支轮登较，高载归家。孟贲被发瞋目，躁猾纷华。故都邑百姓莫不于迈陈列路隅，咸称万岁。斯亦田猎之至乐也。

这一幕里，将士张起置网，携带武器，听候钟鼓的指令来围捕猛虎。猛虎则被惊得东奔西走，最后撞进网里，被人斩掉爪牙，高高地载在车上返回城邑。队伍里最引人注目的就是"被发瞋目"的孟贲（代指最勇猛的武士），城邑里的百姓则列于道路两边高声喝彩。这样的场面，就是"田猎之至乐"。

《兔罝》里结网捕虎的赳赳武夫正是"被发瞋目"的孟贲的形象，他们不正是公侯的干城、好仇和腹心吗？

在这样的场面里，如果人们唱起《兔罝》的歌来，确实再适合不过了。

【字义】

[1]肃肃：整饬貌。

[2]兔罝：罝(jū)，网。兔，闻一多以为是於菟，也就是虎。《左传·宣公四年》："楚人……谓虎於菟。"①

[3]椓：敲，捶。《诗经·小雅·斯干》有"约之阁阁，椓之橐橐"。

---

① 闻一多《诗经通义甲》，《闻一多全集》，湖北人民出版社，1993年，第302—303页。

[4]干城："干"有"盾"的意思，所以一般以为干城即盾牌与城垣，都是防护性的。但闻一多以为"盾之与城，巨细悬殊，二名并列，未免不伦"，所以训"干"为"闬"，意为"垣"，所以干城就是城垣。①

但"干"还有"水之岸"的意思，《集韵·寒韵》："干，水涯也"，《诗经·魏风·伐檀》："坎坎伐檀兮，置之河之干兮"，这应该是一个更便捷的解释。

《左传·成公十二年》记载晋国的郤至去楚国聘问，在外交礼仪上和楚人有些分歧，于是很发了一通议论，其中说到："百官处理政务要在早晨朝见而不在晚上，这是公侯用来保卫民众的措施（此公侯之所以扞城其民也），所以《诗》说'赳赳武夫，公侯干城'。到了乱世，诸侯贪图私利，为了掠夺土地而不顾人民的性命，网罗武士作为自己的心腹爪牙，所以《诗》说'赳赳武夫，公侯腹心'。天下有道，公侯就会制约住他的心腹，保护好他的人民，天下无道则会出现相反的情况……"②

周人外交引《诗》，素来都有断章取义的传统，郤至这里是把"公侯干城"和"公侯腹心"解做完全相反的意思了，一褒一贬。

[5]逵：高平之地。《毛诗》以为是"九达之道"，现代注本也大多沿袭这个说法，但矛盾是："兔置万无设于城内'九达

---

① 闻一多《诗经通义甲》，《闻一多全集》，湖北人民出版社，1993年，第307页。
② 《左传·成公十二年》：宾曰："若让之以一矢，祸之大者，其何福之为？世之治也，诸侯闲于天子之事，则相朝也，于是乎有享宴之礼。享以训共俭，宴以示慈惠。共俭以行礼，而慈惠以布政。政以礼成，民是以息。百官承事，朝而不夕，此公侯之所以扞城其民也。故《诗》曰：'赳赳武夫，公侯干城。'及其乱也，诸侯贪冒，侵欲不忌，争寻常以尽其民，略其武夫，以为己腹心股肱爪牙。故《诗》曰：'赳赳武夫，公侯腹心。'天下有道，则公侯能为民干城，而制其腹心。乱则反之。今吾子之言，乱之道也，不可以为法。然吾子，主也，至敢不从？"

诗经讲评之风人深致

道'之理,即使在野外,也不会设在交通要冲,何况典籍中称逵者都指城内言之乎"。依于省吾,"逵"是"陆"的借字,《尔雅·释地》:"高平曰陆"。从韵脚来看,"肃肃兔罝,施于中逵。赳赳武夫,公侯好仇","陆"与"仇"在古韵里同属幽部。①

[6]好仇:这里的"好"或是"妃"之讹,"好仇"应是"妃仇","好"不能作形容词解,因为《兔罝》的三节内容里,"干城"、"好仇"、"腹心"是并列的,而"干城"和"腹心"都是并列短语,"好仇"自然也应当是并列短语。

【杂识】

隔句用韵

诗歌要讲究音韵之美,不同语言的诗歌各自发展出不同的音韵结构。交韵是英语诗歌中一种很常见的用韵形式,韵脚是 abab,即一、三句押一个尾韵,二、四句押一个尾韵。比如约翰·多恩(John Donne)的《葬礼》(The Funeral):

Whoever comes to shroud me, do not harm

Nor question much

That subtle wresth of hair which crowns my arm;

The mystery, the sign you must not touch,

For 'tis my outward soul.

Viceroy to that, which then to heaven being gone,

Will leave this to control,

And keep these limbs, her provinces, from dissolution.

---

① 于省吾《泽螺居诗经新证》,中华书局,2003 年,第 71 页。

原诗共有三节,这是第一节,每行的尾韵是 harm,much, arm,touch,soul,gone, control,dissolution, 四个尾韵分为两组,错行相押(gone 与 dissolution 的押韵属于视韵,即看起来拼读相似,可以押韵,实际却发音不同)。

再如威廉·华兹华斯(William Wordsworth)的《永生的暗示》(Intimations of Immortality),截取其中两个诗节:

There was a time when meadow, grove, and stream,

The earth, and every common sight,

To me did seem

Appareled in celestial light,

The glory and the freshness of a dream,

It is now as it hath been of your

Turn whereso'er I may,

By night or day,

The things which I have seen I now can see no more.

尾韵是 ababa,cddc 的格式。还是华兹华斯的《我孤独地漫游,像一朵云》(I Wandered Lonely as a Cloud),截取第一个诗节:

I wandered lonely as a cloud

That floats on high o'er vales and hills,

When all at once I saw a crowd,

A host, of golden daffodils,

Beside the lake, beneath the trees,

Fluttering and dancing in the breeze.

尾韵是 ababcc 的格式,也在使用交韵。交韵是英文格律诗中极常见的一体,在中文的格律诗里却非常罕见,而一些研究上古音韵的古代学者就在《诗经》里发现了交韵,《兔罝》就是一例。"肃肃兔罝,椓之丁丁。赳赳武夫,公侯干城","罝"与"夫","丁"与"城"各自押韵。[1]

明显刻意为之的例子也有,韩愈的《故幽州节度判官赠给事中清河张君墓志铭》用的就是清晰的交韵:

……呜呼彻也。世慕顾以行,子揭揭也。噎喑以为生,子独割也。为彼不清,作玉雪也。仁义以为兵,用不缺折也。知死不失名,得猛厉也。自申于闇明,莫之夺也。我铭以贞之,不肖者之呾也。

晚唐章碣也写过所谓"变体诗":

东南路尽吴江畔,正是穷愁暮雨天。
鸥鹭不嫌斜云岸,波涛欺得送风船。
偶逢岛寺停帆看,深羡渔翁下钓眠。
古今若论英答算,鸱夷高兴固无边。

---

[1]《古音略例》以为与《小雅·鱼丽》的用韵体例相同,实际并不一样。以《鱼丽》第一节为例:"鱼丽于罶,鲿鲨。君子有酒,旨且多","罶"与"酒"押韵,但"鲿鲨"只能算是衬音,不能算单独的一个诗句,所以构不成交韵。

蔡宽夫《诗话》："碣诗平仄各一韵,自号变体",是以一、三、五、七句押同一个仄声韵,二、四、六、八句押同一个平声韵,而且平仄两个韵脚韵母相同。①

王力《诗经韵读》专门分析过这种韵脚:交韵是《诗经》用韵的另一特点。所谓交韵,就是两韵交叉进行,单句与单句押韵,双句和双句押韵。交韵又可再分为三种:第一种是纯交韵,一般是四句,也有六句、八句的;第二种是复交韵,一般是两个以上交韵的重叠;第三种是不完全交韵,那是多于四句的诗章,而只有一部分是交韵。

例子很多,如以下就是与《兔罝》一样的纯交韵例:

野有死麕(文部),白茅包之(幽部)。有女怀春(文部),吉士诱之(幽部)。(《召南·野有死麕》)

自牧归荑(脂部),洵美且异(职部)。匪女之为美(脂部),美人之贻(之部,与"异"职之通韵)。(《邶风·静女》)

冽彼下泉(元部),浸彼苞稂(阳部)。忾我寤叹(元部),念彼周京(阳部)。

冽彼下泉(元部),浸彼苞萧(幽部)。忾我寤叹(元部),念彼京周(幽部)。

冽彼下泉(元部),浸彼苞蓍(脂部)。忾我寤叹(元部),念彼京师(脂部)。(《曹风·下泉》)②

诗经讲评之风人深致

芣苢

采采芣苢,薄言采之。采采芣苢,薄言有之。
采采芣苢,薄言掇之。采采芣苢,薄言捋之。
采采芣苢,薄言袺之。采采芣苢,薄言襭之。

【大意】

繁茂的薏苡呀,采摘它。繁茂的薏苡呀,采回它。
繁茂的薏苡呀,撷取它。繁茂的薏苡呀,捋取它。
繁茂的薏苡呀,撩起衣襟盛着它。繁茂的薏苡呀,掖起衣襟兜着它。

【考释】

　　《芣苢》这首诗,从结构上看属于《诗经》当中最简单的一类,三个诗节反复叠唱,只是每一节里换了两个动词而已,这些动词也简单,是表示采摘动作之递进的,但是,这首诗的主题到底是什么,却很难分辨得清。

　　在训诂上导致诗歌之旨出现歧义的主要有两处,一是"采采",通常都被理解为"采了又采"(见前文《卷耳》章),二是芣苢通常被当做车前子,而古人认为车前子是一种有利于女人怀孕生子的草药。

于是,古人最经典的一种释义是:《芣苢》是描写女人们采摘车前子的场面;女人们之所以多去采摘车前子,是因为想要怀孕生子;之所以想要怀孕生子,是因为政治稳定,天下清明。①

当然,从字面上看,《芣苢》表现的仅仅是女人们采摘车前子(如果芣苢确实就是车前子的话)的场面,从这一场面推论出政治稳定、天下清明,逻辑关系就像本书序言中从"浴乎沂,风乎舞雩,咏而归"而推论出孔子的政治蓝图一样。

另一种说法认为《芣苢》是表彰贞女的。刘向《列女传》有"蔡人之妻"一章,说有一位宋国女子嫁到了蔡国,嫁过去之后才发现丈夫患有恶疾。母亲于是劝她改嫁,她的回答是:"丈夫的不幸也就是妻子的不幸。既然已经嫁给他了,就应该侍奉他一辈子,就算他患了恶疾也是一样。就像采采芣苢之草,虽然味道不佳,但还要持采之,怀襭之,浸以益亲,更何况夫妇之道呢。"这位女子终于没有听从母亲的劝告,并作《芣苢》之诗以明志。君子赞叹道:"宋女之意,甚贞而壹也。"

---

① 《毛诗正义》卷一《芣苢》:此三章皆再起采采之文,明时妇人乐有子者众,故频言采采,见其采者多也。六者亘而相须。首章言采之、有之。采者,始往之辞;有者,已藏之称,总其终始也。二章言采时之状,或掇拾之,或将取之。卒章言所成之处,或袺之,或襭之。首章采之,据初往,至则掇之、持之,既得则袺之、襭之,归则有藏。于首章先言有之者,欲急明妇人乐采而有子,故与采之为对,所以总终始也。六者本各见其一,因相首尾,以承其次耳。掇、持事殊,袺、襭用别,明非一人而为此六事而已。

刘向的《诗》学通常被认为是鲁诗一脉,殊难确证。①《韩诗》大体上也持这个观点,说《芣苢》是兴体,以芣苢虽有恶臭,我犹采采不已,起兴君子虽有恶疾,我犹守而不离。②

这一解释自汉代以后影响很大,《白虎通·嫁娶篇》有"夫有恶行,妻不得去者,地无去天之义也",把夫妻关系固定为天与地的关系,尽管从逻辑上说存在一个疑点,即地无去天之义,天难道就有去地之义吗?另一个值得注意的地方是:丈夫的"恶疾"已经悄然换做了"恶行"。好在《白虎通》也给了女性一点点选择的余地,提出在以下情况中夫妻之义绝,妻子可以离夫而去:"悖逆人伦,杀妻父母,废绝纲纪,乱之大者也"。③及至宋代,陈邈之妻郑氏的《女孝经》说"《芣苢》兴歌,蔡人作诫",出处也在这里。

但疑点是,如果芣苢就是车前子,显然并不存在所谓"恶臭",姚际恒《诗经通论》已有驳论;再者,考之古史,伦常观念也并不是这样的。

《左传·桓公十五年》载,郑国的权臣祭仲和自己的女婿雍纠站到了两个对立的政治阵营,雍纠计划在郊外设宴,借机杀死祭仲,妻子雍姬知道后,心里有些犹豫不决,于是去问

芣苢

---

① 参见[清]全祖望《经史问答》卷三,《全祖望集汇校集注》,上海古籍出版社,2000年,第1901页:问:"朱竹垞曰'刘向所述皆鲁诗',未知果否?"答:"刘向是楚元王交之后,元王曾与申公同受业于浮邱伯之门,故以向守家学,必是鲁诗。然愚以为未可信。刘氏父子皆治《春秋》,而歆已难向之说矣,安在向必守交之说也。向之学极博,其说《诗》,考之《儒林传》,不言所师,在三家中,未敢定其为何诗也。竹垞之说,本之深宁,然以《黍离》为卫急、寿二子所作,见于《新序》,而先儒以为是齐诗,则不墨守申公之说矣。"
② [清]王先谦《诗三家义集疏》,中华书局,1987年,第47页。
③ [清]陈立《白虎通疏证》,中华书局,1994年,第468页。

母亲:"父亲和丈夫哪一个更亲?"母亲说:"人人都可以选做丈夫,父亲却只有一个。"雍姬便把暗杀的消息泄露给了祭仲,结果反而是雍纠被祭仲所杀。

《左传·襄公二十八年》,庆舍与卢蒲癸这一对翁婿也站在了对立的政治阵营里,卢蒲癸密谋要在一次祭礼上暗杀庆舍,消息被妻子知道后告诉了庆舍,只是没提事情是自己的丈夫策划的。庆舍不信,终于被杀。

在丈夫和父亲之间,女人选择了父亲,这既是宗法社会里父亲之绝对权威的体现,又说明了当时的女子贞节观念尚未固定成型。而且在整个春秋时代,仍然保留着"烝"和"报"的风俗,甚至臣子还可以娶守了寡的国君夫人。①

《左传》里常被用来说明贞节观念的例子,仔细琢磨一下,就会发现那很可能是出于感情,而非出于道德伦理。如《左传·定公五年》,楚昭王打算安排季芈出嫁,季芈说:"作为女子,就是要远避男人,可是钟建已经背过我了。"这位钟建,就是在上一年的国难之中背负季芈逃亡的人,看来是在共患难和肌肤相亲中产生了感情。楚昭王于是就把季芈嫁给了钟建,还任他做了乐尹。

另一个例子尤其著名,《左传·庄公十四年》载,楚文王听说了息妫的美貌,灭了息国,占有了息妫。息妫为楚文王生了两个儿子,一个是堵敖,一个是后来的楚成王,但她一直不爱说话,楚文王问她缘故,她说:"我一个妇人服侍了两位丈夫,纵然偷生苟活,又能说什么呢?"

息妫这番话似乎显示出了一种我们熟悉的贞节观念,但

①《左传·闵公二年》:初,惠公之即位也少,齐人使昭伯烝于宣姜,不可,强之。生齐子、戴公、文公、宋桓夫人、许穆夫人。

考虑到她的性情(楚文王死后,息妫完全不为令尹子元的热情追求所动①)以及与第一任丈夫的感情基础(息国国君因为蔡哀侯对息妫无礼而不惜诉诸战争②),我们很难认定她这一番话是否是基于当时普遍的伦理道德而不是特殊的个人感情。

到了汉代,刘向《列女传》重新阐释息妫的故事:楚王灭亡了息国,俘虏了息国国君,让他来为楚国把守城门,又强占了他的妻子。一次楚王出游,息夫人便借着这个机会去见息君,对他说道:"人生要一死而已,何至自苦!我没有片刻忘记过你,誓死不会再嫁。生而分离,何如死而同穴。"于是作诗道:"穀则异室,死则同穴。谓予不信,有如皦日。"③息君劝解她,她却不听,自杀而死,息君便也在同一天自杀了。楚王受到感动,便以诸侯之礼合葬了他们夫妻。《诗》云"德音莫违,及尔同死",④说的就是这样的情形呀。⑤——在刘向的这一新释里,尤其强化的是息夫人和息君的感情基础,正是在这样强大的感情基础上,才有了从一而终的贞节观念和双双殉情的悲剧结尾。

至此而回顾《列女传》的"蔡人之妻"一章,妻子和丈夫并不存在任何的感情基础,这位妻子作《芣苢》之诗以明志,动机就远不如息夫人之作诗来得自然。

对诗歌主题的其他阐释,还有采药、求才等等说法,愈见

---

① 《左传·庄公二十八年》。

② 《左传·庄公十年》。

③ 这句诗见于《诗经·王风·大车》。

④ 这句诗见于《诗经·邶风·谷风》。

⑤ [汉]刘向《列女传·贞顺传·息君夫人》。

牵强,也有索性放弃这种求考而换以诗人的视角的,如方玉润《诗经原始》:

读者试平心静气,涵泳此诗,恍听田家妇女,三三五五于平原绣野、风和日丽中,群歌互答,余音袅袅,若远若近,忽断忽续,不知情之何以移而神之何以旷,则此诗可不必细绎而自得其妙焉。唐人《竹枝》《柳枝》《棹歌》等词,类多以方言入韵语,自觉其愈俗愈雅,愈无故实而愈可以咏歌。即《汉乐府·江南曲》一首"鱼戏莲叶"数语,初读之亦毫无意义,然不害其为千古绝唱,情真景真故也。知乎此,则可与论是诗之旨矣。《集传》云:"化行俗美,家室和平,妇人无事,相与采此苤苢,赋其事以相乐。"其说不为无见。然必谓为妇人自赋,则臆断矣。盖此诗即当时《竹枝词》也,诗人自咏其国风俗如此,或作此以畀妇女辈俾自歌之,互相娱乐,亦未可知。今世南方妇女登山采茶,结伴讴歌,犹有此遗风云。①

方玉润这段美丽的文字常常被现代的《诗经》研究者所引用,但若说它完全观之以诗人视角,其中毕竟也透露了考据上一点论断:既然这首诗是田家妇女群歌互答,自然就排除了《韩诗》那种略带悲情的解释,但若说这是采车前子以求生子的场面,也缺少一些应有的私密感。

闻一多在《匡斋尺牍》里也有过和方玉润同样的诗意解说,也是常常被人引用的:

现在请你再把诗读一遍,抓紧那节奏,然后合上眼睛,揣

---

① [清]方玉润《诗经原始》,中华书局,1986年,第85页。

摩那是一个夏天，芣苢都结子了，满山谷是采芣苢的妇女，满山谷响着歌声。这边人群中有一个新嫁的少妇，正捻着那希望的珠玑出神，羞涩忽然潮上她的靥辅，一个巧笑，急忙地把它揣在怀里了，然后她的手只是机械似的替她摘，替她往怀里装，她的喉咙只随着大家的歌声哼着——一片不知名的欣慰，没遮拦的狂欢。不过，那边山坳里，你瞧，还有一个佝偻的背影。她也许是一个中年的硗确的女性。她在寻求一粒真实的新生的种子、一个祯祥，她在给她的命运寻求救星，因为她急于要取得母亲的资格以稳固她妻的地位。在那每一掇一捋之间，她用尽了全副的腕力和精诚，她的歌声也便在那"掇"、"捋"两字上用力地响应着两个顿挫，仿佛这样便可以帮助她摘来一颗真正灵验的种子。但是疑虑马上又警告她那都是枉然的。她不是又记起以往连年失望的经验了吗？悲哀和恐怖又回来了——失望的悲哀和失依的恐怖。动作、声音，一齐都凝住了。泪珠在她眼里打转。

采采芣苢，薄言采之。采采芣苢，薄言有之。

她听见山前那群少妇的歌声，像那回在梦中听到的天乐一般，美丽而辽远。[1]

闻一多如是说，是因为他考证出了"芣苢"和"胚胎"在训诂上的渊源，凿实了芣苢即车前子、车前子被古人认为有宜子之效的说法。但是，现代研究者提出质疑，认为芣苢不是车前子，而是薏苡，理由是：车前子是贴地生长的，植株不过几寸高，纵然可以掇之、捋之，但无论如何也不可能袺之、襭之；

---

[1] 闻一多《匡斋尺牍》，《闻一多全集》第 3 卷，湖北人民出版社，1993 年，第 208 页。

乐世苤苢图。[清]高侪鹤《诗经图谱慧解》卷一,康熙四十六年手稿本。这幅图不叫《苤苢图》而特特叫做《乐世苤苢图》,因为画家所理解的《苤苢》是以采摘苤苢的景象作为周代太平盛世的一个缩影:"唐虞载含哺景象,有周载采苤苢景象,真化日无边。生逢乐世,不可摹状。"

薏苡除了训诂可通之外,体貌特征完全符合古人对所谓苤苢的描述。①退一步说,即便苤苢还不能确证为薏苡,但足以确证不是车前子,这对前人成说的颠覆性不可谓不大,因为"人们之所以普遍地接受汉儒对《苤苢》的理解,并不是出于盲从,而是由于苤苢(即车前子)的药性功能决定的。"②

解诗到了这一步,便又出现了分岔的可能:如果苤苢可以被确证为薏苡的话,女子采摘薏苡,一种可能是出于实用性的考虑(薏苡可以煮粥,可以酿酒,浙江河姆渡遗址就出土过六千年前的薏苡种子),另一种可能是与祖先崇拜有关(传说禹的母亲就是吞食了薏苡的种子而生了禹),或二者兼而有之,但我们已经无从求证了。

---

① 详见范卫平《〈诗经·苤苢〉论释》,《甘肃社会科学》,1999 年第 5 期。
② 张启成《诗经风雅颂研究论稿》,学苑出版社,2003 年,第 52 页。

最难解的恐怕还要数这首诗的"艺术水平"，考据上的事总还有些标准，艺术问题就言人人殊了。

《芣苢》三个诗节读下来，实在再简单不过了，如果换做现代白话，恐怕没有任何人会说这是一首好诗，但在好古的眼光里，事情就完全不一样了。王夫之就把《芣苢》捧得极高，说这首诗气象自然，古诗十九首还能得其余意，陶渊明勉强也有几分神似，其他作品就等而下之了。

说到作品的思想性就更不得了，王夫之以为《芣苢》以采摘过程体现了专注的精义，层层推进下去，"故君子观于《芣苢》而知德焉。……斯所以崇德而广业也"。①

一首如此简单的歌谣可以被挖掘出如此的艺术高度与思想境界，不知道有多少人能想通呢。

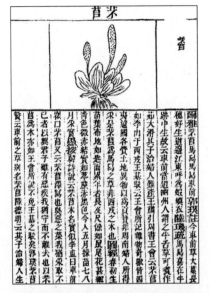

芣苢。[清]徐鼎《毛诗名物图说》。芣苢到底是哪种植物，古人也为此纠缠不清过，甚至有说是木本的。徐鼎在这里作了一番辨析，终究还是坚持芣苢即车前子的观点。徐鼎所引的《尔雅》郭璞注说车前子"大叶长穗"，很容易给人误解，以为它的植株很高似的。事实上车前子植株过矮、对应不上芣苢的采摘手法。一般采摘车前子是割去果穗，晒干之后搓出籽实，然后再簸去果壳杂质。

---

① [清]王夫之《诗广传》"论《芣苢》二"，《船山全书》，岳麓书社，1988年，第3册，第307页。

芣苢

茱苢(左下)。[晋]郭璞《尔雅音图》。原图的图注文字是《尔雅·释草》的"茱苢马舄马舄车前",据范卫平《〈诗经·茱苢〉论释》,"造成误释茱苢为车前的根源正在于此,即后人将茱苢直接等同于车前了。然按之《尔雅》体例,此八字不应是一词一物,而应断句为四词两物,即'茱苢,马舄。马舄,车前'。黄侃笺识、黄焯编次的《尔雅音训》及徐朝华《尔雅今注》、《说文》段注均断为四词两句两物。两物因其'马舄'之名同而造成混淆。这种物异名同或物同名异的现象在《尔雅·释草》以下七篇中屡屡皆是……"

【字义】

[1]采采:茂盛而鲜艳的样子。说详《卷耳》章。

[2]茱苢(fú yǐ):薏苡,禾谷类植物,植株高度大约1~1.17米,秆粗大约10毫米。薏苡的子实为圆形大粒,比稻粒和麦粒要大好几倍,种皮为深红色。

[3]薄言:语助词。许多注本都把"薄"训为"赶快地","言"训为无实意的感叹词,实则这两个字都是无实意的语助词,连缀为复语而词义未变。①

[4]掇(duō):拾取。

[5]捋(luō):手握着东西向一端抹取。

[6]袺(jié):手持衣襟的一角用衣襟兜着。

[7]襭(xié):把衣襟插在腰带上兜东西。

---

① 杨合鸣《〈诗经〉疑难语词辨析》,湖北辞书出版社,2002年,第8-9页。参见裴学海《古书虚字集释》,中华书局,2004年,第859页,训"薄"、"薄言"为"乃",一位"于是"之义。

汉广

南有乔木，不可休息。汉有游女，不可求思。
汉之广矣，不可泳思。江之永矣，不可方思。

翘翘错薪，言刈其楚。之子于归，言秣其马。
汉之广矣，不可泳思。江之永矣，不可方思。

翘翘错薪，言刈其蒌。之子于归，言秣其驹。
汉之广矣，不可泳思。江之永矣，不可方思。

【大意】

南方虽有高树，却不可以在树下休憩。汉水虽有游女，却不可以动心追求。汉水宽阔啊，不可以泅渡。江水绵长啊，不可以任扁舟航行。

丛生的草木可以为薪，伐薪要伐灌木的枝条。女子要出嫁了，快把马儿喂饱。汉水宽阔啊，不可以泅渡。江水绵长啊，不可以任扁舟航行。

丛生的草木可以为薪，伐薪要伐水滨的芦蒿。女子要出嫁了，快把驹儿喂饱。汉水宽阔啊，不可以泅渡。江水绵长啊，不可以任扁舟航行。

【考释】

这首诗是《诗经》的名篇,现代的男女之间表达单相思的爱慕时往往就会用到"汉有游女,不可求思"的句子,仿佛这真的是一首很美丽、很无奈的爱情诗。

毛诗、郑笺是古人的主流解释,认为诗的主旨是说汉水一带的女子受到了周文王德政风气的教化, 能够以礼自守,对男子的示爱无动于衷,是追求不到的;现在注本一般都抛弃了这个说法,认为《汉广》是说某男对某女因为追求不到而产生了无穷的苦恼。

古代学者大多遵从毛、郑,并在这个基础上多有发挥,比如元代苏天爵说:"《汉广》是说周文王的教化大行于长江、汉水之间,改变了这里的淫乱风俗,于是当女子出游,男人远远望见,便能看出这些女子端庄娴静,不再有从前那种女子可以任由男人示爱的时光了。"①更重要、也更严苛的是理学宗师程颐的话:"《汉广》以汉水起兴,是说礼之大防如同汉水之不可逾越。"②

这一类的解释在缺乏背景资料佐证的情况下,显然属于阐释过度,但古人也曾经在这个阐释过度的范围之内,对程

①[元]苏天爵《滋溪文稿》卷二十五:《汉广》之诗,言文王之化及于江汉之间,而有以变其淫乱之俗,故其出游之女,人望见之,知其端庄静一,非复前日之可求矣。

②[宋]程颐《伊川经说》卷三:《汉广》言汉之广大,犹云江永也。本言文王之道南被江汉之域,因取汉水为兴。水之为限不可逾也,以兴礼义之为闲不可犯也。

颐那类解释的可靠性产生过相当程度的怀疑,比如清代初年有"理学名臣"之称的李光地就说:"如果周文王教化所及,女人们都变贞节了,为什么男人还那么淫荡呢? 女人懂得以礼自守,男人却求来求去的,难不成周文王的教化只对女人起作用吗? "[①]

李光地这里并没有直接怀疑毛诗的大前提,却指出了毛诗在逻辑上无法自洽。无法自洽的说法自然可以被排除,但是这并不意味着现代人的主流解释就是对的。——在确立这个解释之前,有必要搞清楚《汉广》所涉及的地点和人物。

先说地点。"南有乔木",说的是南方;"汉有游女",说的是汉水,既然并非周人的活动范围,这首诗却为什么被收在《国风·周南》里呢?

前人有过一个疑惑:《国风》里有郑风、有陈风、有这风那风,为什么没有楚风呢? 古人的一种主要解释是:其实"周南"、"召南"就是楚风,这两个地方原先属周,后来才归了楚国。[②]近代胡适等人也持这种观点。

"周南"、"召南"到底是什么意思,古往今来歧说纷纭,但无论如何,汉水流域有楚地风俗,这总是可以确定的;楚地文化比中原更开放、更具浪漫情调,这也大体不差。

解决了地点问题,就该解决人物问题了。"汉有游女",这个"游女"究竟是什么人呢?

游女,顾名思义,似乎是指出门在外的女子,出来游玩的

① [清]李光地《榕村语录》:至从来说《诗》的藩篱,有说不通处,须与破除,不然都成挂碍。且如《周南》、《召南》,以为皆被后妃之化之诗,若"汉有游女"、"有女怀春"之类,何以女人都被后妃之化,变成贞洁,而男人被文王之化,尚不免于淫荡乎?

② [清]廖元度《楚风补》。

汉广

女子。汉水边上有个女子在散步,这就是所谓"汉有游女"了吧?——很多注本都是这么解释的,并从这个"事实"展开鉴赏工作,但是这个问题其实是很有争议的。

首先,在字面上,"游"不等于"遊",这位女子到底是在陆地上溜达,还是在水里溜达,这首先就是个问题。如果是在陆地上溜达,情况又分两种:她到底是贵族女子,还是平民女子;如果是在水里溜达,情况也分两种:这究竟是鬼神精灵一类在水面上行走,还是人类女子在水里游泳?——这些争议并不像看上去那样无聊,因为无论对错,"挑逗与礼拒"及"遇仙"这两个经典的文学主题就在其中产生。

以上的简短介绍自然并没有穷尽历代对《汉广》的所有解释,诸说之中,"游泳"无疑是最香艳的一种,但在汉代,主要的对立是今文经学的三家诗和古文经学的毛诗各执一说,毛诗的解释是女子出游,三家诗则认为这是一位女神或女妖在水上行走。于是,相应地,"不可求思"便出现了两种解释:如果游女只是人类,"不可求思"所表达的便是"非礼勿视、非礼勿听"的道理,贸然前去示爱属于非礼,所以"不可"(should not);如果游女是位神女,"不可求思"所表达的便是想求而求不到的意思,所以"不可"(can not)。前者是"非不能也,是不为也",后者则是"非不为也,是不能也"。近年出土的上博简《孔子诗论》论及《汉广》,看得出今文学家的说法是从后者的意思上一脉相承的。

那么,这位神女究竟是谁呢?今文学家引述了《列仙传》里的一则故事为《汉广》作解:"江妃二女,不知道是什么人,经常出游于江汉水滨。郑交甫先生有一次遇到了她们,一见钟情,但还不知道她们是神仙。郑先生对仆人说:'我想把她们的玉佩讨来。'仆人说:'这一带的人都很善于辞令,您那些花言巧语未必管用。'但郑交甫色迷心窍,不听劝阻,径直向那两位女子去攀谈了。几番话下来,两位女子还真把玉佩解下来给了他,郑交甫把玉佩揣在怀里,得意得很。双方就此别过,郑交甫才走了几十步,想再看看玉佩,却突然发现怀里空无一物,回过头去,那两位女子也全然没了踪迹。《诗经》里说'汉有游女,不可求思',说的就是这件事呀。"①

汉人解诗还谈不到什么文学性,所以"歧义空间"之类的概念我们暂可抛之脑后,且从儿童读物"这个故事告诉我们……"这样一个思路出发,想想郑交甫的故事到底要告诉人们什么道理。

在现代人看来,这个故事是非常美丽的,这是怎样一场神奇的艳遇!不止现代人这么想,古人也动过这种脑筋,由这个主题发挥过不少的意淫,最著名的就是曹植的《洛神赋》,写神女"凌波微步,罗袜生尘",迷人得很。这两句描写很有名,尽管乍看上去很没道理——如果神女在水上走,罗袜就不可能生尘;如果罗袜生尘,就不可能是凌波微步,实则"凌波微步"是纪实,"罗袜生尘"是比喻,是形容洛神行走在水波上就如同行走在通衢大道一般。无论如何,曹植都写极了神女之美,也写极了求之不得的怅惘,神女也因此而升格成为美丽理想的化身。但是,溯本求源,在今文学家那里,故事的道理可不是这么讲的,仆人的那番告诫才是关键:郑交甫轻浮无礼,结果竹篮打水一场空,反成笑柄。所以,这个故事告诉我们的是一个很确切的意思:做人要以礼自守,非礼勿视、

汉广

<hr>

① [清]王先谦《诗三家义集疏》引《列仙传》。

非礼勿听、非礼勿求……

看来郑交甫是个非礼的坏典型,但问题是,郑交甫纵然春心荡漾,江上二妃却为什么又跟他闲扯,又送他玉佩呢? 良家女子怎能是这种作风!

所以,按照礼的标准来解诗,如果说郑交甫不是好男人,就也得承认江上二妃不是好女人,否则在逻辑上就无法自洽。如此美丽而浪漫的女子竟然不是正派女人,这实在令人难以接受,但是这恐怕就是事实。

《诗经》里写女人,有"窈窕淑女",有"静女其姝",都是好词,后人延续这些用法,也当好词来用,但是"游女"就未必那么光彩了:读唐宋诗词,常常会遇到"冶游"或"游冶"的字样,这常是用做寻花问柳的意思,直到清代,纳兰词里还有"苏小恨,倩他说,尽飘零游冶章台客",想想章台之地,苏小其人,也就知道"游冶"是做什么了。

无论如何,在汉水之滨邂逅了不知名的"游女"(即便仅仅是出来游玩的美女),按"礼"是不该发起追求的,这就是"不可求思"的另一种解读:对那些来历不明的女子是不可以追求的。上博简《孔子诗论》说"《汉广》之智,则知不可得也",还有"不攻不可能,不亦知恒乎"。对这两条简文,专家们的释读未能一致,但大意还是看得出来的。这是称道诗中的男主角,说他很清楚追求汉之游女是不合礼数的,所以便不去追求。简而言之:不做不该做的事,不追求不该追求的女子,这是明智的。《汉广》便表达了这种明智。

游女不该追求,还不仅出于以上原因。今文学派的韩诗说郑交甫遇到的那江上二妃身穿巫服,如此一来,游女便很有可能是女巫的身份。江汉一带巫风很盛，直到宋代依然，欧阳修有诗"游女髻鬌风俗古，野巫歌舞岁年丰"，把"游女"和"野巫"对举，自注里说当地搞祭鬼活动，男女相从数百人，喝酒唱歌，女人们穿得都很招摇，和男子打成一片。这样看来，《汉广》所描述的正是荆楚巫风。①

若从这个思路入手，便很容易把《汉广》当做一首原始宗教的祭祀歌谣。如同《楚辞》中的《湘君》《湘夫人》是招请湘水之神的祭歌，《汉广》则是招请汉水之神的祭歌。两者似乎还诞生于近似的时间与地域，或许真的能够以此证彼。李建军《〈诗经〉与周代宗教文化研究》便依此思路分析说：

楚人在祭祀活动中，不像殷人那样是用隆盛的乐舞、丰盛的祭品甚至人牲去满足神灵的欲望，也不像周人那样是用祭者的德行、敬穆的仪式去感应神灵的心灵，而是用刻骨铭心的思恋(尤其是在"淫祀"中)去挑动神灵的感情。如果说殷人是诱之以利，周人是感之以德，那么楚人则是动之以情。譬如《汉广》就是祭者用悠长的相思去拨动汉水女神的心弦，使其情不自禁，降临歆享，然后赐福于祭者。

又如《湘夫人》，多半是由男巫来唱出对湘夫人的绵绵思恋，然后诱她临缱。而《湘君》则多半是由女巫来唱出对湘君的款款深情，然后诱他临缱。楚人这种招请神灵的方式，苏雪林用"人神恋爱"的理论来解释它，并从文化人类学的角度推断"人神恋爱"是从人祭这一野蛮现象发展而来的。过常宝则用弗雷泽的交感巫术理论来剖析它。因为按弗雷泽的学说，我们的祖先从人类的生育联想到了植物的繁殖。他们根据顺

---

① 俞艳庭《〈汉广〉三家说探赜》，《黑龙江社会科学》，2006 年第 1 期。

势或模拟的巫术原则,认为可以通过人类的性行为来促进植物的繁殖。弗氏举例说,在瑞典,祭祀动植物之神时,"一位漂亮的姑娘侍奉着神像,他们称她为神的妻子。这位姑娘也充当神在阿普萨拉神殿里的女祭司"。过常宝认为中国古代给河伯娶妻也是以爱情或婚姻来诱降或娱乐神灵的一个例子。

接下来,过氏用交感巫术理论剖析了《九歌》的那些祭歌中为什么会有那么多爱情表白的奇异现象,他说:"这是楚民根据自己的日常体会,根据交感巫术的思维原则所采取的一种取媚神灵的祭祀手段。它主要不表现为婚姻事实,而是表现为'人神恋爱',表现为对对方的刻骨铭心的相思之情。这种特点或许是出于以下的原因:也许先民认为感情过程比婚姻事实更加美好,也许先民刻意要通过苦苦相思来表达人神交接的艰难,也许《九歌》所咏唱的仅仅是招神的部分,而用相思来招神显然是合适的,也许是出于屈原本人的改动,等等。"

通过上面的分析,我们可以看到,楚人为了取媚神灵,采用了"人神恋爱"的手段,去对神灵动之以情。换言之,楚人是以情为人神感应介质的。也正因为此,楚人的宗教文化有别于殷人的迷狂、周人的清穆而呈现出奇诡的特色。①

张文分析了《汉广》与《湘君》《湘夫人》从结构到内容的种种近似之处,可谓近年祭歌之说最详尽的阐释,但有两处极要紧的不同之处却被忽略了。一是《湘君》《湘夫人》并不是以凡人的身份去追慕神祇,而是模拟湘君与湘夫人来互道

① 李建军《〈诗经〉与周代宗教文化研究》,2004 年硕士论文,第 88—89 页。

诗经讲评之风人深致

相思；二是《汉广》"翘翘错薪"诸句都是《诗经》常见的婚配习语，与《湘君》《湘夫人》绚烂的对神祇世界的描写迥然不同。

　　的确，沿着祭歌的思路，《汉广》后文"翘翘错薪，言刈其楚。之子于归，言秣其马"这些明明在说女子出嫁的言辞又该怎么解释呢？

　　古人不得其解，譬如李光地《榕村语录》以为乔木是起兴游女持身之高峻，但接下来的"翘翘错薪"云云竟说得好似实事一般。如何把这个矛盾弭平呢，李光地于是以为诗中的那位男子对那女子的贪慕之心太甚，以至于甘愿为她喂马劈柴。[1]这等情形，颇似今天民歌里唱的"我愿抛弃了财产，跟她去放羊"，甚至于"我愿作一只小羊，跟在她身旁。我愿她拿着细细的皮鞭，不断轻轻打在我身上"。

　　李光地的这个解释尽管牵强迂回，但至少说明了"南有乔木"几句与"翘翘错薪"几句确实存在着矛盾。先是说"不可求思"，随即便喂马劈柴筹办婚事了，道理何在呢？

　　先要说明的是，错薪、刈楚、秣马，这些意象并不意味着《汉广》如一些注本所谓是一首樵夫的恋歌——它们都是《诗经》里比喻婚配的习语，推其缘由，一种可能是以薪作为结婚必要的礼物，另一种可能是婚礼当时多在黄昏时分开始，所以需要不少火把（参见前文对《关雎》的释义）。依张启成的推断，"古人结亲，必在黄昏之时，柴薪是必要的照明物；而结亲

---

[1] [清]李光地《榕村语录》卷十三：乔木以兴游女之持身高峻，《诗传》中亦有此意。至下"错薪"竟说得似实事一般，言贪慕之子之甚，故刈薪以饲其马驹，庶几求悦于之子。看来不是因上文以乔木起兴故言乔木乃不可休耳，若错薪则可刈之矣，错薪岂乔木拟哉。仅可饲之子之马驹而已。不但不可比之子，并不得比之子之马。如累降之人，只堪为仆隶。后世以龙眼为荔奴，正是此意。

汉广

133

时，又必须祭神、祭祖，要用柴火烤肉、烧肉，使神灵与祖先享用浓烈的香气，从而降赐洪福，使神圣的婚姻长盛不衰。这样，析薪与婚姻就结下了不解之缘。"[1]

而在古人眼里，如马瑞辰认为这类比喻表示的是婚姻要"待礼而成"，[2]而不合于礼的结合（比如郑交甫那样的）是会给人带来灾难的，就像泅渡汉水和用小筏子渡过大江一样危险。

这样的解释，儒家的味道太重，完全失去了上古民风——考虑到这个因素，就有必要对《汉广》作出相反的推测，于是便回到了劝诫主题：这首诗或许是劝诫即将成婚的男子不要被"汉之游女"迷惑，这些女子是"不可求思"的，就如同汉水之广阔是"不可泳思"、江水之绵长是

汉南游女图。[清]高侪鹤《诗经图谱慧解》卷一，康熙四十六年手稿本。原注最后说"细读此词，句句有'不可'二字，可作箴规"，正与本文的推论相合。

① 张启成《国风的习用套语及其特殊含义》，《〈诗经〉风雅颂研究论稿》，学苑出版社，2003 年，第 247 页。

② [清]马瑞辰《毛诗传笺通释·绸缪》。

"不可方思"的,第二、三两节"翘翘错薪"云云则是以婚姻来提醒这位男子不可越轨。虽然这未必就是正解,但至少是一个自洽的解释。

【字义】

[1]乔木:高树。树高则树荫不足以荫蔽人。

[2] 不可休息:"息"同"思",《韩诗》即作"不可休思"。

[3] 江之永矣:"永",本字当是"羕",水流绵长之貌。《韩诗》作"江之羕矣",《说文》引《汉广》也作"江之羕矣"。

[4]楚:荆,也可称棘,灌木。可以参证的是:《王风·扬之水》以"扬之水,不流束薪"、"扬之水,不流束楚"、"扬之水,不流束蒲"并举,《郑风·扬之水》以"扬之水,不流束薪"、"扬之水,不流束楚"并举,《唐风·绸缪》以"绸

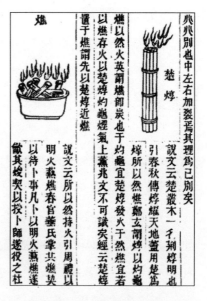

楚焞。吴之英《寿栎庐仪礼奭固礼器图》卷十二。焞,是占卜时烧灼龟甲的火。《仪礼·士丧礼》:"楚焞置于燋,在龟东。"郑玄注:"楚,荆也,所以钻灼龟者。"《说文》:"楚,丛木,一名荆。"这样看来,楚应当是灌木。

缪束薪"、"绸缪束刍"、"绸缪束楚"并举,《唐风·葛生》以"葛生蒙楚"、"葛生蒙棘"并举,《秦风·黄鸟》以"止于棘"、"止于桑"、"止于楚"并举。

[5]蒌(lóu):蒌蒿,多年生草本植物,多生水滨,高四五尺,老叶可以为薪。

[6]方:《鲁诗》作"舫",小舟。

【杂识】

《汉广》的两个文学主题

《汉广》开启了两个文学主题:一是"挑逗与礼拒"主题,二是遇仙主题。前者的代表有汉乐府的《陌上桑》,有民间戏剧里的《秋胡戏妻》,套路总是男人轻薄调情,而女子不但以礼自守,还以智慧的言辞把男人好好羞辱了一番。

在这个主题里,还有一则不大为人熟知的唐突圣人的故事,郑交甫的角色由孔子扮演,出处就是汉代三家诗中的《韩诗外传》:

孔子南游,要去楚国,途经阿谷,看到一位女子佩着玉佩正在河边洗衣。孔子远远看着,拿出一只酒杯交给子贡,说:"看见那女人没?你去,好好想一番话跟她说,看看她会怎么回答。"

子贡听了老师的话,拿着酒杯去了,对那女子说:"我是来自北方远地的人,想去南方的楚国,大热天的,口干舌燥、心里起火,请你给我一点水给我解解暑吧。"

子贡的原话是很有诗意的,是一连串故作深沉的文雅挑逗。那女子也用同样的语言风格作答:"阿谷的南面,弯弯的

诗经讲评之风人深致

水流，无论清浊都一样流向大海，你想喝就去舀来喝，为什么问我这个妇道人家呢？"女子的这番话看来对子贡是以礼相拒了，但戏剧性的是，她居然拿过了子贡的酒杯，先逆流舀了一杯水，倒掉，又顺流舀了一杯水，跪坐在地，把酒杯放在沙滩上，说道："按照礼节，我不能亲手递送酒杯给您。"

在子贡回去向孔子汇报之后，孔子又拿出一把琴来，把调弦的小零件卸掉，对子贡说："你把这琴拿去，再想一番话，看看她怎么回答。"

子贡第二次到了那女子跟前，说道："刚才你那番话就像清风一样，让我很是舒畅。这里有一把琴，调弦的小零件不见了，你能帮我把音调好吗？"

女子答道："我既没文化，也少智慧，不懂音乐，哪里会调弦呢！"

子贡如实向孔子回复，孔子又拿出了五匹葛布，还是像刚才一样地交代。子贡又对那女子道："我这里有五匹葛布，不敢冒昧交给你，我把它们放在水边，请你务必收下。"

女子答道："你这人的做法不合人情呀，怎么能把自己的货物放在荒野呢！我年纪轻轻，不敢接受你的东西。你如果不走，等我的亲戚来了，他们可是很粗野的！"

《韩诗外传》讲完了这个发生在"阿谷之隧"的故事之后，总结道："'南有乔木，不可休息。汉有游女，不可求思'说的就是这个意思。"

因为这个故事实在唐突圣人，所以儒家一直不愿承认，传抄的版本也多有删节。但刘向《说苑》不但没删，最后还多了一点内容，说孔子评论这位女子既通达人情又明礼数，正是"南有乔木，不可休息。汉有游女，不可求思"的代表。但孔

汉广

子为什么要这么做呢，这是不是当真有些轻浮呢？刘向说孔子这是为了观察民风，看看这女子是否知礼。如果此说属实的话，这位"汉上游女"正是因为知礼所以才"不可求思"。

那么，如果当真想求，怎么求才好呢？那就应该"翘翘错薪，言刈其楚。之子于归，言秣其马"，按照礼数走完规定程序，需要有父母之命、媒妁之言。在儒家的礼制传统里，总是有很多规矩要守的。

第二个文学主题是遇仙，这与儒家礼教就没有关系了，而是进入了浪漫幻想和私人的内心世界，近于《离骚》。这一主题的名篇有陈琳的《神女赋》、郭璞的《江赋》，最典型、最著名的就是曹植的《洛神赋》了。

洛神的原型就是汉上游女，在曹植的世界里变得美丽而不可企及，这又与屈原"美人香草"的主题结合起来，使美丽而不可企及的对象可以由女子升华为政治理想，由爱情升华为家国之情。一切美丽而不可企及的，都可以是汉上游女、都可以是洛神，这就给原有的文学形象赋予了新的不确定性，由此而远远超出了《汉广》的内涵，汉上游女的形象越来越得到升华。如唐代玄宗朝的名相张九龄在《杂诗》之四和《感遇》之十都使用过这个意象：

湘水吊灵妃，斑竹为情绪。
汉水访游女，解佩欲谁与。
同心不可见，异路空延伫。
浦上青枫林，津傍白沙渚。
行吟至落日，坐望只愁予。

神物亦岂孤，佳期竟何许。

——《杂诗》之四

汉上有游女，求思安可得。
袖中一札书，欲寄双飞翼。
冥冥愁不见，耿耿徒缄忆。
紫兰秀空蹊，皓露夺幽色。
馨香岁欲晚，感叹情何极。
白云在南山，日暮长太息。

——《感遇》之十

这里，对汉上游女的渴求已经隐喻为臣子（尤其是弃臣）对皇帝的依恋，惶惶然期待着皇帝那可能永远也不会有的理解，而自己的政治理想也必须经由与皇帝的风云际会才有成为现实的可能，而这一切，对于一个全部生命都是政治生命的知识分子来讲，又是何等的重要。

从文学性来讲，这种种的隐喻方式自然意味着歧义空间的扩大，而歧义空间的扩大正是文艺作品提升深度的一个极为重要的因素。从这一点来说，《诗经》里的作品还是非常粗糙、非常原始的，虽然很有质朴之美，但这就像我们现代人欣赏原始人的住宅设计一样，欣赏归欣赏，距离产生美，但那毕竟无法和现代住宅相比。而原始的质朴在被注入新的内涵、被赋予新的解读之后，文学之美反而越来越浓郁深沉了。

汝坟

遵彼汝坟,伐其条枚。未见君子,惄如调饥。
遵彼汝坟,伐其条肄。既见君子,不我遐弃。
鲂鱼赪尾,王室如燬。虽则如燬,父母孔迩。

【大意】

沿着汝水的堤岸,砍伐楸木的细枝。见不到我的夫君,焦灼的感觉如同清早的饥饿。

沿着汝水的堤岸,砍伐楸木的新枝。终于见到了我的夫君,请你再不要离我而去。

鲂鱼长着红红的尾巴,王室有着大好的前程。虽然有着好前程,但家中父母已经年迈。

【考释】

按照传统的说法,西周末年,昏聩的周幽王宠爱美女褒姒以至于亡国。当然,关于褒姒,传说恐怕远远大于史实。周王室的日薄西山已经不是一天两天的事了。王权力量不强本来就是封建制社会的一个基本特征,"国人暴动"便是一个有力的佐证。在西周最后的一段时间里，东方诸侯日渐自重，对王室不再那么热心了，而陕西的王畿本来地方就小，资源又少，越发难以应付王室的开销。原有的等级秩序也不那么牢靠了，一些贵族开始变穷，而一些平民却开始变富，这种现象在以等级为本位的社会里是很有危害性的。

于是，所有这一切都悄然地动摇着王室的根基。西部与北部的外族入侵不仅使王朝疲于防备，而且外来人口的增多渐渐使得王畿附近本来就很有限的土地资源变得更加紧张了。上天也在给这个没落的王朝雪上加霜，大地震不但摧毁着人口和经济，也撼动着人们日趋薄弱的道德观念。一些青铜器的残片显示，当时有贵族们在大崩溃的前夜弃家而逃。一些大型青铜礼器不便携带，被窖藏起来等待河清海晏之际主人回来挖掘，然而一直没等到主人，等到的却是两千多年之后的考古队。

这首《汝坟》所反映的正是这样一个大故事背景之下的小故事，是一个汝水边的男人和他的妻子的故事。男人被王室拉去服役，在动荡的时局下逃回了家，妻子一定是喜极而泣了，于是唱出了这首《汝坟》，满是抚今追昔的无限深情：

沿着汝水走啊，一路砍柴；见不到我的丈夫啊，满心忧伤。

沿着汝水走啊，一路砍柴，终于等到了丈夫啊，再也不要有一刻的分别。

鲂鱼忧劳啊，尾巴变成了红色；王室动荡如火焚啊，还好父母安然在家。

乱世之中，家人的团聚竟是如此的一种奢求。在丈夫服役之后，妻子不得不做起了男人的活计，出门砍柴，但她没有一点怨言，只有深沉的思念。总算天可怜见，家中的父母无恙，丈夫也无恙地回来了。

很多注本都是这样解释《汝坟》的，说这是西周末年的一首女子思夫的歌谣，但真的是这样吗？金性尧曾把《汝坟》的诗旨概括成一句话："战乱中的夫妻重逢"，梁启超把《汝坟》的手法称为"回荡的表情法"，倾吐男女之思，说得沉郁顿挫、一波三折。而事实上，在关于《汝坟》的所有歧说中，以上这类说法是流传最广的，却不一定就是最靠得住的。

《汝坟》的歧说很多，还往往互相对立，比如诗的作者到底是男人还是女人，是贵族还是平民；诗是讽刺诗还是赞美诗，是遣怀诗还是相思诗；是写于周初盛世，还是写于周幽王的末世；到底

□□汝坟图。[清]高侪鹤《诗经图谱慧解》卷一，康熙四十六年手稿本。原注："此是写思妇况景。条枚、条肄，汝坟之妇亦善道其情。父母孔迩，真有以慰行役之苦。圣化何达哉！然大堤之上，役役长途，此情殊堪追阅。"

是劝人入仕的，还是劝人辞职而照料父母的……至于细节上的分歧，比如"条枚"到底是泛指枝条还是特指一种叫做条的树的枝条，"调饥"到底是饿肚子还是性隐喻，"鲂鱼"到底是什么鱼，"赪尾"到底是什么尾，"君子"到底是什么人，"父母"到底是谁的父母……

先从诗的时代来看。以字面而论，《汝坟》很像是写于乱世的，尤其是最后一节里的"鲂鱼赪尾，王室如燬"，似乎很明确地指向了这一点。所谓"鲂鱼赪尾"，是说鲂鱼的尾巴变红了，为什么尾巴会变红呢，旧解的主流观点说是因为"劳"——鲂鱼太辛劳了，把尾巴累红了。这是鲂鱼的特点，一旦劳累过度，尾巴就会变红。至于这是否科学，倒是无关紧要的，只要古人这么相信，这样讲就可以成立。另一种说法是："赪尾"并不是尾巴变红，而是尾巴变秃，这个"红"不是颜色，而是如同"赤地千里"的"赤"，是"光秃秃"的意思。[①]但不管鱼尾巴是变红还是变秃，总之都是劳累所致。但是，鱼怎么会"劳"，尾巴又怎么会变秃，这实在有些费解。

清代考据大师于鬯就研究这个问题，认为"劳"并不是劳苦的意思。鲂鱼的尾巴本来不红，一旦变红，就是死亡的征兆。"劳"除了"劳苦"的意思之外，还有一个"病"的意思，这才是切合"鲂鱼赪尾"一句的。[②]

至于"王室如燬"，唐代陆德明给出音训上的依据，说这个"燬"就是齐人方言里的"火"，[③]"王室如燬"即"王室如火"。

---

① [清]周悦让《倦游庵椠记·经隐·毛诗》"鲂鱼赪尾"条。

② [清]于鬯《香草校书》卷十一。

③ [唐]陆德明/撰，黄焯/汇校《经典释文汇校》，中华书局，2006年，第124页。

但"王室如火"又该怎么理解呢？是说天下动荡、战乱四起吗？

看上去的确是这样，但宋人有过怀疑，说商汤以兵戈得天下，所以尚金，周人克商，有着以火克金的迷信观念，所以尚火，王室如果像火，岂不正是红红火火的意思么。^①的确，现在仍然流传着类似的迷信，火旺生财，这是好兆头。如果模仿"王室如燬"的句式形容"生意如火"，谁也不会以为这是在说生意败落了。

这样一来，《汝坟》的时代无论如何也不会是幽王的末世了，说是周初的盛世倒还合理。在这个"王室如燬"的伟大盛世里，举国上下忙忙碌碌，为周王室殚精竭虑、添砖加瓦。

按照传统的经典阐释，这首诗作于殷商末年，其时天下动荡，而周文王虽然三分天下已有其二，却仍然臣服于殷商，其德政之风渐播天下，此时已经浸润了汝水流域。《汝坟》诗中的这位当地女子受到感召，虽然心疼丈夫为殷商的王事操劳过度，但还是勉励他要尽力做下去，毕竟还有父母需要赡养。

但也有说这首诗作于东周初年，诗中的君子和父母指的都是"为民父母"的周平王。这种解释是把"王室如燬"解做周王室经历了毁灭性的灾难，恰恰应在幽王失国、平王东迁的这一段历史。

事情推测起来是这样的：当时周平王东迁洛邑，洛邑某人忧心忡忡地期待着平王的到来，是为"未见君子，惄如调饥"；当平王终于到来之后他才长吁了一口气，只愿一生守卫平王，是为"既见君子，不我遐弃"；周王室虽然饱受动乱，但

① [宋]陈澔《礼记集说》。

周平王终于近在眼前了,是为"虽则如燬,父母孔迩"。这个人自然就是《汝坟》的作者,但他是个什么人呢?——"据此,作者忧愁周王,有资格见到周王、称颂周王,又有作诗的才能,当然不会是庶民百姓,应该是洛邑的官吏。"[①]

《汝坟》的时代背景至此已经有了三种说法,作者也由女性变成了男性,甚至连主题都由男女相思变成了政治情怀。

如果诗旨真是男女相思的话,梁启超所谓"回荡的表情法"倒也恰如其分。我们看这三节的写法,先是"未见君子,怒如调饥",把见不到丈夫的感觉比做早晨饿肚子,这个饿肚子的比喻还有可能是性需求的隐喻,闻一多有一篇《说鱼》,讲鱼是如何作为性的隐语被古人使用的,而"鲂鱼赪尾"恰恰用鱼来作比喻。于是,"怒如调饥"和"鲂鱼赪尾"便有可能是同样性质的隐语。[②]除此之外,张建军论述"'鲂鱼赪尾'还具有作为季节符号的物候历法意义,因为鱼尾发红是鱼类产卵发情期的标志,我国古代大部分地区包括周南之地,鱼的产卵、发情期是在秋季,正是当时民俗中嫁娶之期,所以这里的'鲂鱼赪尾'既具有性的含义,又有物候历法的意义。"[③]

依这个情爱主题来看,到了诗的第二节,丈夫可算回来了,妻子很满足,再也不想分离了,"既见君子,不我遐弃"。第三节却不提对丈夫的思念,而是把话题扯到父母身上,"虽则

① 翟相君《〈诗经·汝坟〉新解》,《华中师范大学学报》(哲学社会科学版),1986 年第 1 期。

② 闻一多《说鱼》,《闻一多全集》,湖北人民出版社,1993 年,第 3 册,第 233-234 页。

③ 张建军《〈诗经〉与周文化考论》,齐鲁书社,2004 年,第 226 页。

汝坟

如燬，父母孔迩"，这分明是自己舍不得丈夫，却不好意思直说，于是把父母搬出来，劝丈夫为了尽孝而留在家里不要再走了。

自从闻一多《说鱼》发表以来，《诗经》常以鱼作为性隐喻的说法渐渐成为主流，《汝坟》概莫能外，何况"鲂鱼赪尾"除了鱼的意象之外，"尾"在古文中也有"交尾"之意。原本在古人那里，鲂鱼之所以赪尾是因为"劳"，属后天因素带来的变化；也有说鲂鱼的尾巴本来就是红的(许慎《说文解字》)。这问题现在倒是有了一个新的解释，说是有些鱼类的尾巴确实会在交尾期间变红，这是为了吸引异性，而鲂鱼恰恰就在此列。①

照这样解释，首当其冲的问题就是如何贯通全诗。前两节"伐其条枚"和"伐其条肄"都是伐柯的意象，确实可以向婚姻的方向作解，难点在第三节，"鲂鱼赪尾"紧跟的是"王室如燬"，后者显然在说政治与社会层面的内容。为了弥合这个矛盾，闻一多把"王室"释为"王室的成员，有如'公子''公孙''公姓'等称呼，或如后世称'宗室''王孙'之类"，至于"如燬"，则是"性的冲动像火一样的激烈"。②正是依着这个意思，张启成把《汝坟》翻译成一首文义贯通的情歌：

沿着汝水堤，砍伐那树条。未能见情郎，忧思如长饥。
沿着汝水堤，砍伐那树枚。既已见情郎，幸不相离弃。
鲂鱼情发尾儿红，王孙热情如火扬。虽然热情如火扬，须

① 张启成《〈诗经〉风雅颂研究论稿》，学苑出版社，2003年，第259页。
② 闻一多《说鱼》，《闻一多全集》，湖北人民出版社，1993年，第3册，第234页。

知父母在近旁。①

在这样的解释里,《汝坟》的女主角如饥似渴地盼望着情郎,而在终于如愿以偿、情郎也报以同样热情的时候,她却不得不顾忌父母就在旁边,两个人不能过分亲热。——这个解释确实可以贯通全诗,但"王室"到底能不能像闻一多阐释的那样,却没有足够的证据。

这条路走到尽头,不妨换一条路,再来考察一下鲂鱼。鲂鱼是《诗经》里经常出现的一种鱼类,是当时人们餐桌上的美食,而许慎那个鲂鱼天生尾红的"错误"说法却有"正确"的可能:还有一种和鲂鱼外形非常相似的鱼类,叫做火烧鳊,"上有赤鬣连尾,如蝙蝠之翼"。②在物种分类并不精细的先秦时代,这种火烧鳊应该很有可能就是

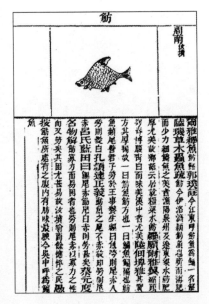

鲂。[清]徐鼎《毛诗名物图说》。末尾按语有"今吴中呼为鳊鱼"。

① 张启成《〈诗经〉风雅颂研究论稿》,学苑出版社,2003年,第258页。
② [明]李时珍《本草纲目》鳞部第四十四卷。

汝坟

所谓天生赪尾的鲂鱼，这两种鱼类在当时并没有被严格地区分开来，到宋代罗愿的《尔雅翼》还说鲂鱼即"今之鳊鱼也"。如果这个解释成立，所谓性隐喻的说法也就站不住脚了。

如果对《汝坟》取政治主题的话，男主角是周室的一位官吏，但疑点仍然存在：他究竟是一个政治上的积极分子还是消极分子，这也是模糊不清的。在传统的认识里，人们曾把《汝坟》的男主角当做一位政治上的消极分子加以表彰。这并非异端说法，而是正统的诗学理论，三家诗当中的《鲁诗》言之最详，说"鲂鱼赪尾"一节是感叹天下大乱，男主角迫于暴虐而违心做官办事，这是因为要照顾父母，不得已而为之。[1]

在传统的儒家观念里，一个正直的士人应该"用之

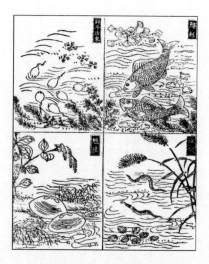

鲂鰛(右上)。[晋]郭璞《尔雅音图》，嘉庆六年影宋绘图本重模刊，艺学轩藏版。《释鱼第十六》章注："江东呼鲂曰鳊，一名鰛，音毗。"

① [清]王先谦《诗三家义集疏》，中华书局，1987年，第56页。

诗经讲评之风人深致

则行,舍之则藏",所以像屈原、阮籍这样的人,是被正统儒家看做异端分子的,会遭到正统人士的批评。儒家的另一个标准是"天下有道则见,无道则隐",君子不为无道的君主服务,不在无道的政府当官。以这些标准来衡量,《鲁诗》所描述的这位《汝坟》的男主角看来并不是一位合格的君子。

好在儒家理论当中既有"经"(原则性),又有"权"(灵活性),《汝坟》男主角就是儒家灵活性的一个例子。《鲁诗》的解释是:就连大舜这样的圣君也曾经耕于历山、渔于雷泽、陶于河滨,这都是粗活儿,不是他应该做的,但他之所以去做,是因为有父母需要奉养。所以说,如果家里穷、父母年岁大,求职做官就不要挑剔;如果家境都到了需要自己亲自打水、舂米的地步,讨老婆就不要挑剔。既然父母健在,就应该适当违心地顺应社会潮流,只要大义不亏就行。凤凰知道避开罗网,麒麟知道避开陷阱,蛟龙不会到干枯的沼泽去生活,以鸟兽的智力尚且知道避害,何况人呢? 生于乱世,违心地出去做官办事,只是为了赡养父母罢了。

《鲁诗》的这个说法应当来自《孟子》,孟子说:人不该因为家里穷才出去做官,但有时候就是因为家里穷才去做官的;娶妻不是为了找个人来照顾父母,但有时候就是为了照顾父母才娶妻的。

这就是儒家的从权之计,明知道不该做的事,但有时候也得从权去做。从权自然也有从权的规矩:做官不能做大官,只能做小官,不接受高薪,只接受低薪,够养家就行了。①《韩

---

① 《孟子·万章下》:孟子曰:"仕非为贫也,而有时乎为贫;娶妻非为养也,而有时乎为养。为贫者,辞尊居卑,辞富居贫。"

诗外传》也总结为"家贫亲老，不择官而仕"。①

这是儒家的一个经典主题，《韩诗外传》在阐释《召南·小星》"夙夜在公，寔命不同"的时候也以曾子的遭际讲过同样的意思：曾子在鲁国莒邑做官的时候，俸禄很低，他之所以重禄而轻身，是因为要奉养父母；后来齐、楚、晋三个大国纷纷请他去做高官，但他不以为意，因为父母已经去世了，不需要努力工作来奉养了。以儒家仁、孝的标准来看，"怀其宝而迷其国者，不可与语仁；窘其身而约其亲者，不可与语孝；任重道远者，不择地而息；家贫亲老者，不择官而仕。"②

可以参照的是，在对《小雅·祈父》"有母之尸饔"一句的阐释里，《韩诗外传》则直接记述曾子的以身说法，结论是：为了施展抱负而使双亲陷于贫困的人是不孝的。③甚至还有这样一个似乎很难让人接受的故事：齐宣王问田过："听说儒者为父母有三年之丧，那么对于儒者来说，到底国君重要，还是父亲重要？"田过答道："国君不如父亲重要。"齐宣王不怿道："那为什么儒者还要离开父母去侍奉国君呢？"田过答道："要是没有国君的土地，就没法安置我的父母；要是没有国君的

①《韩诗外传》卷一：枯鱼衔索，几何不蠹；二亲之寿，忽如过隙；树木欲茂，霜露不凋使；贤士欲成其名，二亲不待。家贫亲老，不择官而仕。诗曰："虽则如燬，父母孔迩。"此之谓也。

②《韩诗外传》卷一。

③《韩诗外传》卷七：曾子曰："往而不可还者，亲也；至而不可加者，年也。是故孝子欲养而亲不待也，木欲直而时不待也。是故椎牛而祭墓，不如鸡豚逮存亲也。故吾尝仕齐为吏，禄不过钟釜，尚犹欣欣而喜者，非以为多也，乐其逮亲也；既没之后，吾尝南游于楚，得尊官焉，堂高九仞，榱题三围，转毂百乘，犹北乡而泣涕者，非为贱也，悲不逮吾亲也。故家贫亲老，不择官而仕；若夫信其志、约其亲者，非孝也。"诗曰："有母之尸饔。"

俸禄，就没法养活我的父母；要是没有国君给的爵位，就没法尊显我的父母。侍奉国君终究还是为了供养父母呀。"齐宣王心里不快，却也没话作答。(《韩诗外传》卷七)

这说明了在早期儒家的观念当中，"孝"是至关重要的，而"忠"的观念本来只是"忠于事"，待社会向专制集权发展之后才升格为后世所习以为常的"忠君"思想。另一方面，这样的孝道对当时的社会环境也是很有针对性的，毕竟自春秋到战国，天下越来越乱，旧有的社会规范、价值观念不断受到新形势的冲击，"世官世禄"的传统被打破，"君子"的饭碗越来越成问题，所以要想养家糊口，必然面临一个是否违心出仕的选择，如果必须违心，就必须给违心找一个正当的理由。

我们看《鲁诗》的这番讲解，也许断错了《汝坟》的创作年代，也许误解了作者的本意，但它的确为我们阐释了一个儒家正统的乱世求存的法则，让我们看到了在那个乱世当中，士君子们面临着怎样的社会问题，作出着怎样的人生选择，他们的困境与焦虑对我们都是那样的真切。一个典型的例子是，汉代周磐素来"好礼，有行，非《典》《谟》不言，诸儒宗之"(《后汉书·周磐传》)，但家境贫穷，无以奉养老母，一天诵读《诗经》，读到《汝坟》的末章，不禁慨然长叹，于是去应孝廉之举，为当官作准备了。①

---

① [清]赵翼《陔余丛考》"汉儒说诗"条：《汝坟》之诗，薛汉谓王政如火，犹触冒而往者，以父母饥寒，故禄仕也。《后汉书·州磐传》：磐居贫，无以养母，尝诵《诗》至《汝坟》卒章，慨然而叹，乃出应孝廉之举。是皆以"父母孔迩"作己之父母，而非以喻文王矣。

另见[魏]周斐《汝南先贤传》，刘纬毅《汉唐方志辑佚》，北京图书馆出版社，1997年，第25页：周磐，字坚伯，安成人。江夏都尉，遗腹子也。居贫约而养母俭薄诵诗，至汝坟末章，慨然而叹。(《御览》卷四一四孝)

汝坟

相反的解释同样可以成立。以上的推理是说妻子劝丈夫为赡养父母而出仕，但这首诗也可以解释成妻子以赡养父母为理由劝丈夫留在家里，不要出仕。[①]以这个意思来贯通全诗应该更加顺畅，前两节说妻子焦灼地盼望着丈夫，而丈夫也终于回家了，按照这个情绪发展下来，第三节应该强化妻子的挽留才是。妻子可能是这样说的："既然你好不容易回来了，就不要再走了。天下那么乱，不是你能管得了的。父母年纪也大了，我们尽孝的日子恐怕也不多了，你真的忍心离开吗？"现代注本中，程俊英《诗经注析》就把后二句解释为"虽然王室暴虐，徭役不断，你难道不想想近在身边的父母也需要赡养吗？"并且总结说："这章是诗人设想丈夫回家之后怎样劝他不要再去服役的话"。[②]

这样的理解，除了更能贯通诗意之外，也合情合理地降低了那位妻子的政治觉悟和理性程度。尽管诗的第三节始终无法确解，但句子之间的关系是相当明确的：以"鲂鱼赪尾"起兴"王室如燬"，接下来是个转折，"虽则如燬"，无论这是在说王室是暴虐还是红火，总之"父母孔迩"是劝谏之语，是以父母为由对"君子"所作的劝阻。

进一步想，便又会发现一个问题：鲂鱼在《诗经》里是经常出现的，是鲜活肥美为人喜爱的，如果"王室如燬"是说"王室暴虐，徭役不断"，和鲂鱼带给人的感觉显然相反。以喜感之事物起兴恶感之事物，实在不符合人之常情，所以要把这两句贯通下来，"王室如燬"表达的自当是喜感才对，于是第三节最恰当的意思就应该是这样的："鲂鱼长着红红的尾巴，

---

① [清]于鬯《香草校书》卷十一。
② 程俊英《诗经注析》，中华书局，1991年，第27页。

王室有着大好的前程。虽然有着大好的前程,但父母年纪大了,夫君你还是留在家里不要走吧。"妻子以父母为由希望丈夫能留下来,不管外面的世界有多好,都比不上小两口的相亲相爱、耳鬓厮磨。这层意思,大约就像唐代王昌龄那首著名的《闺怨》:"闺中少妇不知愁,春日凝妆上翠楼。忽见陌头杨柳色,悔教夫婿觅封侯。"

【字义】

　　[1]遵:沿着。

　　[2]汝:汝水。

　　[3]坟:堤岸。或通"濆",指沿河的高地。"坟"的本义是土堆、高地、高岸,而不是坟墓。中国原本的丧葬传统是"墓而不坟"(《礼记·檀弓》),拜的是宗庙,而没有今天习见的上坟活动。依照周礼,用坟来埋葬死者是"非礼"的。孔子为父母建过坟,解释说自己知道这不合礼制,只是不得已而为之。

　　[4]条枚:《毛诗》释为"枝曰条,干曰枚",即树枝和树干,也有解做大枝和小枝的,至今仍是主流解释。但从语法上看,第一节说"伐其条枚",第二节说"伐其条肄","条"更有可能是一种树的名字。《秦风·终南》"终南何有,有条有梅",显然"条"、"梅"各是树名。这里的"条",古注有说是楸木,也有说是柚树的。两相比较,《汝坟》之"条"和《终南》之"条"应该是一致的,所以"条枚"即条树之枚,也就是楸木或柚树的枝条。

　　[5]惄(nì):这个字在《诗经·小雅·小弁》里也出现过,是"我心忧伤,惄焉如捣"。两相联系,"惄"应该是"忧伤"的

汝
坟

153

意思。这个字在《韩诗》里写做"惄",两字通用。"怒"读做
nì,是因为它通"惄",反过来"惄"也可以读做 shū,就像
"溺"读做"淑"。钟铭有"龢溺民人",意思是"和淑民人"、
"和善人民"。①

[6]调饥:"调"同"朝"。调饥就是早上刚刚醒来时的饥饿
感。闻一多研究古人的性隐喻,说古人称性行为为食,称性欲
未满足的生理状态为饥,既满足后为饱,②现代注本对"调饥"
多采这个解释。

[7]肄:砍断后又生出来的枝条。第一节说"伐其条枚",
枚被砍掉之后又生出了肄,于是第二节又说"伐其条肄",终
于对"君子"由"未见"到"既见"。这两节的用字差异,表达了
一个等待的时间过程。

【杂识】

[1]《汝坟》能否入乐

前文《关雎》章论及《诗经》是否入乐、如何入乐,这是一
大公案。我们从常理来看,只看《周南》这几首诗,《关雎》《樛
木》《螽斯》《桃夭》《兔罝》《芣苢》《汉广》《麟之趾》都像
是能唱的,比较适合在一些集会的场合配乐来唱,但《汝坟》
的内容太个人化了,是那种私语型的诗,而且,如果它传达的
是一种士君子在乱世委曲求全的人生哲理,就更不适合公众

---

① 参见廖名春《楚文字考释三则》,《吉林大学古籍整理研究所建所十五周
年纪念文集》,吉林大学出版社,1998 年,第 95 页。
② 闻一多《诗经通义甲》,《闻一多全集》,湖北人民出版社,1993 年,第 311-
312 页。

场合了。①

　　所以有人说《诗经》的诗歌分为两种：一种是能唱的，一种是不能唱的。但也有人说都能唱，清代学者魏源做出过一个推测，说像《汝坟》这样的诗都是因事写情，不是为音乐而作的，但被搜集起来以后分门别类，也能入乐，用途有三：一、用在宾祭为享乐；二、用在矇瞍为常乐；三、用在国子为弦歌。（《诗古微》）

　　[2]从"未见"到"既见"

　　《汝坟》从"未见君子，惄如调饥"到"既见君子，不我遐弃"，构成了《诗经》语言的一种表达思念的经典模式。《召南·草虫》有"未见君子，忧心忡忡。亦既见止，亦既觏止，我心则降"；"未见君子，忧心惙惙。亦既见止，亦既觏止，我心则说"；"未见君子，我心伤悲。亦既见止，亦既觏止，我心则夷"。《秦风·车邻》从"未见君子，寺人之令"到"既见君子，并坐鼓瑟"和"既见君子，并坐鼓簧"。《小雅·出车》有"未见君子，忧心忡忡。既见君子，我心则降"。《小雅·頍弁》有"未见君子，忧心奕奕；既见君子，庶几说怿"和"未见君子，忧心怲怲；既见君子，庶几有臧"。

　　[3]《诗经》入典

　　梁克家在南宋乾道、淳熙年间两度为相，与同为闽人的

---

① 顾颉刚《论〈诗经〉所录全为乐歌》，《中国学术经典·顾颉刚卷》，河北教育出版社，1996年，第227页……从实际上看来，他们所谓入乐的何尝尽是典礼所规定应用的，他们所谓不入乐的又何尝尽是典礼所不规定应用的。例如《二南》，是他们确认为入乐的，但其中《汝坟》说"王室如毁"，《行露》说"虽速我狱"，以及《小星》的叹命，《野有死麕》的诱女，这决不会成为典礼所规定应用的。

朱熹颇有交谊。朱熹为梁克家写的挽诗里有两句"几岁调娱政，今年殄瘁诗"不得其解。林振礼《朱熹与梁克家的关系及其游历潮州考辨》以为："关于《挽梁文靖公二首》中'几岁调娱政'一句，《晦庵集》(四库全书本)卷十与《朱文公文集》(四部丛刊初编缩本)卷十皆同；1996年出版的《朱熹集》(郭齐、尹波点校)卷十与2002年出版的《朱子全书·晦庵先生朱文公文集》(朱杰人等主编，刘永翔、朱幼文校点)卷十，这两个新近的版本也是'几岁调娱政'。然而，清代李清馥《闽中理学渊源考》引录朱熹这二首诗，该句则为'昔岁调饥政'。对照朱、梁生平，尤其乾道末、淳熙初的交往，以及朱、梁之于闽北社仓救灾事迹，'几岁调娱政'不得其解，而'昔岁调饥政'则于人于事于诗皆合。"

林文以下便从"朱、梁之于闽北社仓救灾事迹"解读李清馥《闽中理学渊源考》本的"昔岁调饥政"，[①]从版本校勘来看，结论是正确的，理由却是错的，推论过程也太过迂回曲折了，个中原委便是没看出朱熹这两句诗里用到的《诗经》典故。

"调饥"即出自《周南·汝坟》的"惄如调饥"，"殄瘁"则出自《大雅·瞻卬》的"邦国殄瘁"，所以"昔岁调饥政，今年殄瘁诗"作为五言律诗的颈联构成了一组工整的对仗。只要看出"殄瘁"的出处，就可以推测出"调娱"当为"调饥"之误。至于朱熹这两句诗的意思，自当从他自己的《诗经》专著《诗集传》寻找线索。[②]

---

① 林振礼《朱熹与梁克家的关系及其游历潮州考辨》，《厦门大学学报》(哲学社会科学版)，2008年第4期。

② 参见[宋]朱熹《诗集传》，《朱子全书》第1册，上海古籍出版社，安徽教育出版社，2002年，第411，720页。

麟之趾

麟之趾,振振公子,于嗟麟兮。

麟之定,振振公姓,于嗟麟兮。

麟之角,振振公族,于嗟麟兮。

【大意】

麟的脚趾,兴盛的公子。麟啊!

麟的额头,兴盛的公孙。麟啊!

麟的角,兴盛的公族。麟啊!

【考释】

《麟之趾》是《周南》的最后一首诗,这个排序也许是偶然的,也许是有意的,但如果《诗经》是经过孔子亲手删定的,这个排序也许就包含着什么深刻的意义,至少《毛诗》是这么以为的。

《毛诗》梳理《诗经》的排序,说《关雎》和《麟之趾》是《周南》的一头一尾,两篇存在呼应关系:正是因为《关雎》的道德麟趾图。[清]高侪鹤《诗经图谱慧解》卷一，康熙四十六年手稿本。原注："成周八百之祥开于麟趾，虽属兴意而宫阙瑞应，遂得此虚象，实景如在言思拟议间。"诗中并不存在的宫阙被画家认为是天然的瑞应而画了出来，既得其意，自可忘形。

诗经讲评之风人深致

礼义感化天下，所以就算是处于衰败世道下的贵族公子也都如致麟之时一样的忠信仁厚。①

麒麟通常被认为是传说中的瑞兽，圣王之嘉瑞，麒麟出现的时代应该是风俗淳美的圣王之治才对。《毛诗正义》秉承《毛诗》，把《周南》十一篇划分阶段，分析政治涵义，如此则一部《周南》就是一处儒家的乌托邦了。

但这是编者的意思(如果编者确有这层意思的话)，而不是作者的意思。就诗论诗，《麟之趾》的本意自然没有可能这样深刻，"此篇本意，直美公子信厚似古致麟之时，不为有《关雎》而应之"。(《毛诗正义》)《韩诗》的看法也很相近："《麟趾》，美公族之盛也。"

从诗中的"公子"、"公

① 更有甚者的是把《诗经》的编排整个梳理为一个饱含儒家政治意义的大系统，如[宋]王应麟《困学纪闻》卷三：文王之治，由身及家。《风》始于《关雎》，《雅》始于《大明》，而《思齐》又《关雎》之始也。"家人"之九五曰：王假有家。

姓"、"公族"来看，主题确实与公族相关，至于以"麟之趾"、"麟之定"、"麟之角"起兴，却很难理清其关系所在。

历代解诗，总逃不脱时代观念的束缚，古人眼中的麒麟总是与儒家的政治理想及祥瑞有关的。

刘向《说苑》称麒麟"含信怀义，音中律吕，步中规矩，择土而践，彬彬然动则有容仪"，这完全是一位儒家观念中的标准君子，是守礼的化身；陆机《毛诗草木鸟兽虫鱼疏》则称麒麟"音中钟吕，行中规矩，游必择地，详而后处，不履生虫，不践生草，不群居，不侣行，不入陷阱，不罹罗网，王者至仁则出"，不但丰富了刘向的说法，更把象征意义提高到"仁"的程度。

祥瑞之说基于汉代极为流行的天人感应理论，如《左传·哀公十四年》服虔注："视明礼修而麟至，思睿信立白虎扰，言从义成则神龟在沼，听聪知正而名山出龙，貌恭体仁则凤皇来仪"，麒麟、白虎、神龟、龙、凤凰这五种都是神兽，分别对应着人世间的五种道德操守，只要政治搞得好，道德操守完备，相应的神兽就会在人间现身。麟对应的是所谓"视明礼修"，其本身是所谓"信兽"，自然可以类比于守礼而信厚的贵族公子。

何法盛《徵祥记》说麒是麒麟的母兽，所谓麒麟，雄的叫麟，雌的叫麒。但这样的结论到底是基于事实还是基于想象，并不容易分清。唐兰分析过同类的例子说："……旧式的训诂学家，往往不懂得'字'和'语'的分别，被字面所误，把双音节语拆开来，一个一个去解释。例如：……'犹豫'也本是双音节语，可从《老子》就说'豫兮若冬涉川，犹兮若畏四邻'，分做两处，那就难怪要把两个多疑的兽名来解释了。'狼狈'的意义本等于'狼跋'、'刺㲋',也是一个双音节语,由于字面是两个兽,段成式《酉阳杂俎》卷十六附会着说:'或言狼、狈是两物,狈前足绝短,每行常驾两狼,失狼则不能动,故世言事乖者称狼狈。'后来人就更说到'狼狈为奸'了。"①

如果取朴素的解释,《说文》:"麐,大牝鹿也。"《东京赋》"解罘放麟"薛注:"大鹿曰麟。"如此看来,麟不过就是体形硕大的母鹿罢了。宋人曹粹中《放斋诗说》就是排序《说文》的训诂,最终确证所谓麟就是大母鹿。②

《尔雅·释兽》:"麐,大麃,牛尾,一角",郭璞注释说,汉武帝有次在郊外祭祀,捕到了一头带角的野兽,样子像麃(就是獐子),名字叫麟,就是这种动物。也就是说,麟这种动物在现实生活中是存在的,只是非常罕见罢了,它的样子很像獐子,但个头要大,长着牛一样的尾巴,头上有一根独角。

郭璞的这个解释应当出自《史记·孝武本纪》:"其明年,郊雍,获一角兽,若麃然。有司曰:陛下肃祗郊祀,上帝报享,锡一角兽,盖麟云",看来这头独角兽到底是不是麟,当时负责这事的官员其实也不是很确定。

那么,麟究竟只是传说中的动物,还是现实世界里真有原型;如果有的话,原型又是什么,是否就是《麟之趾》创作时代里人们所认识的那种动物呢?

现代学者对麒麟的原型作出过种种考证,较为流行的说法是说麒麟就是长颈鹿,但分析麒麟的所有特征,当以王晖的说法为是:麒麟的原型是印度犀牛,又名独角犀,现今仅产于尼泊尔和印度东北部。在殷商时代,这种犀牛曾经生活在

----

① 唐兰《中国文字学》,上海古籍出版社,2001年,第26页。
② [宋]曹粹中《放斋诗说》,《续修四库全书》,第56册,第201页。

黄河中下游流域，后来因气候环境的变化而不断南迁，故而在中原一带便越发罕见了，只是在气候环境湿热化的时期里，它们会偶然地在黄河流域出现，被认为是太平盛世的祥瑞之一。[1]

但是，如果确证麟即独角犀的话，我们已经无从寻觅它的象征意义。麟在《诗经》仅此一见，缺乏可以参考的旁证；而汉儒的解说明显是从儒家的政治理念而来，对于追究诗歌的本意显然不会有多大的帮助。如果换个角度，仅从本篇的上下文尝试推论诗歌的主题，也是一件不可能完成的任务，因为每一诗节的末句"于嗟麟兮"只是一句感叹，而每一诗节的第二句所重复咏叹的"振振"也很难作出确诂（见前文《螽斯》章）。

所以，对于《麟之趾》的解读大多缺乏牢固的根基。譬如周振甫的今译：

> 不踏生物的麟脚趾，好比仁厚的公子。值得赞美的麟啊！
> 不顶人的麟额头，好比公孙多仁厚。值得赞美的麟啊！
> 不触人的麟头角，好比仁厚的公族。值得赞美的麟啊！[2]

这个译本，一来是增字解诗，比如"麟之趾"字面上只是"麟的脚趾"，译本却增加了一个定语，变成了"不踏生物的麟脚趾"。这在意思上确实与下一句"好比仁厚的公子"相合，但这完全是汉儒观念的反映。

---

① 王晖《麒麟原型与中国古代犀牛活动南移考》，《中国历史地理论丛》，2008年4月。

② 周振甫《诗经译注》，中华书局，2002年，第16—17页。

二来训"振振"为"仁厚貌",也是承袭《毛诗》之"信厚貌"而来的,且不说《毛诗》这个解释有没有训诂上的依据,其对《鲁颂·有驳》"振振鹭,鹭于下。鼓咽咽,醉言舞"的解释里却说"振振,群飞貌",①让人感觉作者是在望文生义,随文作解。周振甫译《鲁颂·有驳》对"振振鹭"也随《毛诗》译做了"群飞的白鹭"。

清代学者姚际恒曾经如此总括为:"解此诗者最多穿凿附会,悉不可通。"姚际恒以为"振振"是"起振兴意",《麟之趾》的主题则是"只以麟比王之子孙族人。盖麟为神兽,世不常出;王之子孙亦各非常人,所以兴比而叹美之耳",至于以麟的脚趾比公子,以额头比公姓,以角比公族,并不存在什么一一对应的特别涵义,一是押韵,二是取趾、定、角的由下及上和子、姓、族的由近及远而已,只是诗歌的章法使然。②

姚际恒的这个解释,可谓历代注家当中最符合奥卡姆剃刀原则的一个,只是"盖麟为神兽,世不常出"这句话也要被剃掉才是,释"振振"为"起振兴意"也不很恰当。

前文《螽斯》章对"振振"作过梳理:在其他典籍里寻找例证,《左传·僖公五年》记载一首童谣,有"均服振振"一句,杜注"振振"为"盛貌",孔疏"振振然而盛"。联系上下文,这是在说一个作战的时刻里,所有人都穿着同样的戎装,一派声势浩大的样子。以这个意思来释《诗经》中的所有"振振",都能通畅无碍。

这个意思最能证实的是《韩诗》对《麟之趾》主题的说明:

① 参见《毛诗正义·振鹭》:此鸟名鹭而已,振与鹭连,即言于飞。《鲁颂》之言"振振鹭",故知"振振,群飞貌也"。
② [清]姚际恒《诗经通论》释《麟之趾》。

"美公族之盛也"，无论是振振公子、振振公姓还是振振公族，都是家族繁衍之盛况。有盛况，于是才有姚际恒所谓的"叹美"。

也有人以为这首诗的主题与"叹美"完全相反，高亨就持这个观点，论据是《诗经》里"于嗟"一共在五首诗里出现：《邶风·击鼓》的"于嗟阔兮，不我活兮。于嗟洵兮，不我信兮"，《卫风·氓》的"于嗟鸠兮！无食桑葚。于嗟女兮！无与士耽"，《秦风·权舆》的"于嗟乎，不承权舆"都显然是表达悲伤怨恨的感叹词，所以《周南·麟之趾》的"于嗟麟兮"还有《召南·驺虞》的"于嗟乎驺虞"也当同理。于是推论诗歌主题：

据《春秋》记载："哀公十有四年春，西狩获麟。"《左传》记载："西狩于大野，叔孙氏之车子（管车马的官）钥商（人名）获麟，以为不祥，以赐虞人（管家畜的官）。仲尼观之，曰：'麟也。'然后取之（叔孙氏把麟取去）。"蔡邕《琴操》记载：孔子看见麟，乃歌曰："唐虞世兮麟凤游，今非其时来何求？麟兮麟兮我心忧。……"（《艺文类聚》卷十引）按《琴操》所载孔子的《获麟歌》不类春秋时代的诗句，当是后人伪造。我认为《麟之趾》一诗可能是孔子的《获麟歌》，孔子把它附在《诗经·周南》之末。孔子的学生没有把此事记下来。[①]

这是一个影响较广的说法，甚至由伤叹之说而联系麟之趾、麟之定、麟之角，故而被认为这是一首哀叹公族被肢解的诗。但其立说的基础在于对《诗经》所有"于嗟"的梳理，而这

---

① 高亨《诗经今注》，上海古籍出版社，1980 年，第 14－15 页。

163

麟。[清]徐鼎《毛诗名物图说》卷二。徐鼎案语：“麟凤龟龙谓之四灵，盖旧说麟肉角，凤肉味，皆示有武而不用。盖麟性仁厚，趾不践物，定不抵物，角不触物，皆言仁厚也，故诗以况之。”

个梳理是以三例证二例，说服力显然不够，何况《召南·驺虞》带有明显的叹美情绪，用来作为反例也是说得过去的。对这个问题，清代学者陈奂的意见应当是最妥帖的一种：“嗟”是感叹词，既可以是美叹，也可以是伤叹，《诗经》里这两种情形都有，字面上既可以单言嗟，也有于嗟、猗嗟、嗟嗟。①如此一来，《麟之趾》美叹的意思愈见明显，伤叹的感觉愈显得缺乏佐证了。只是麟与公族的类比关系何在，如果确定了诗歌主题是“美公族之盛也”，麟的涵义自然不该是“信厚”之类的道德特征了。

可以作为佐证的是《螽斯》，“螽斯羽，诜诜兮。宜尔子孙，振振兮”，正是美叹子孙昌盛的，字面上既有“子孙”，又有“振振”，完全可以和《麟之趾》建立联系。那么

---

① [清]陈奂《诗毛氏传疏》卷一，《续修四库全书》第70册，第20页。

麟与螽斯应该具有相似的象征意义，即"宜尔子孙"。

　　要在麟的身上找出"宜尔子孙"的象征意义似乎并不困难，因为中国古代素来有"麒麟送子"的民俗，只是在佛教传入之后，"麒麟送子"才渐渐被"观音送子"取代了。但要详考"麒麟送子"这一民俗的来历，却又会遇到问题，因为文献资料最早只可以追溯到汉代。汉代纬书神话孔子，说麒麟口吐玉书而孔子降生，于是问题是：到底是这个神话开启了"麒麟送子"的民俗，还是"麒麟送子"的民俗早已有之，这个神话正是奠基于民俗之上的？两个问题都无法坐实，这个问题也只有"多闻阙疑，慎言其余"了。

【字义】

　　[1]振振(zhēn zhēn)，盛貌。

　　[2]定：额头。

　　[3]公子，公姓，公族：公姓即公孙，三者是《诗经》惯有的递进关系，由子辈到孙辈到族人，正是儒家所谓"修齐治平"的顺序。但诗人用词，涵义未必那么死板。王引之《经义述闻》："公姓，公族，皆谓子孙也。"

麟
之
趾